Paul Katsitis

Mykonos Crime

Skalpell -
nystéri

AF138940

Paul Katsitis

Mykonos Crime 6
Skalpell - nystéri

Bisher erschienen:
Band 1 „Die Bestie von Mykonos"
Band 2 „Rache"
Band 3 „Tattoo"
Band 4 „Inzest"
Band 5„Der Drei-Sterne-Mord"

Impressum
Titelbild: Shutterstock
Copyright Paul Katsitis 2019
ISBN 9783738644678
Druck books-on-Demand Gmbh

Jeder Band behandelt einen abgeschlossenen Fall, sodass die Bände nicht in der Reihenfolge gelesen werden müssen.
Alle Bücher der Serie wurden in Griechenland gesetzt.
Da griechische Setzer keine deutschen Fehler erkennen können, finden sich in dem Buch sicher mehr Fehler als in einem normalen Buch. Aber so bleiben wenigstens ein paar Euro in Griechenland.

Alexandros Nikakis (früher Galis), 35, war leitender Kommissar auf Mykonos.

Angelos Nikakis, 29, war Hauptkommissar in Thessaloniki.
Nach ihrem Kennenlernen beschlossen beide, den Dienst zu quittieren und auf Mykonos eine Bar zu eröffnen. Zugleich sind sie als Privatdetektive tätig.

για *A*

PROLOG CRIME 6

Irini wachte auf. Sehen konnte sie noch nicht klar. Alles war verschwommen und ihr Kopf dröhnte. Sie fühlte sich elend.

Als die Bilder klarer wurden, erkannte sie, dass sie sich wohl in einem Krankenhaus befinden musste. Es standen zahlreiche Geräte im Raum. An der Wand hingen Kästen mit Medikamenten.

Komisch. Sie konnte sich an keinen Unfall erinnern. Und auch sonst an nichts.

Über ihr hingen riesige Lampen, die ausgeschaltet waren. Sie sahen aus wie … sie überlegte … OP-Lampen. Ja. Richtig. Aber wieso lag sie in einem OP-Saal?

Ihr war doch nichts passiert.

Irini versuchte, sich zu erinnern.

Sie hatte sich abends umgezogen, um in den Beachclub zu gehen. Nach Panormos. Aber dort war vor 1.00 Uhr nie etwas los, also ging sie zunächst ins Bonbonniere in der Altstadt. Dort traf sie zwei Freundinnen. Und sie verplapperten sich. Es muss weit nach 1.00 Uhr gewesen sein, bis sie in Panormos angekommen waren.

Nach dem ersten Cocktail musste sie auf die Toilette. Ihr war ein wenig schlecht. Vielleicht war etwas in dem Cocktail.

Langsam wurde alles klarer.

Sie beunruhigte, dass sie sich nicht bewegen konnte.

Hände und Beine waren gefesselt. Aber das konnte sie nicht sehen, denn ihr Kopf war fixiert.

Nun bekam sie Panik. Aber alles Ziehen und Rütteln half nichts. Sie schrie um Hilfe. Aber es kam niemand.

Sie versuchte sich zu beruhigen. In einer Klinik hilft man den Menschen. Vielleicht hatte sie eine akute Krankheit, aber ihr fiel keine ein. Sie war bis dato kerngesund. Sie war ja auch erst 19.

Hilfe! Wenn nur Papa da wäre. Oder Angelos und Alex. Mitunter arbeitete sie in deren Bar. Irini mochte ihren Job dort. Viele junge Menschen, die meisten gay, aber das war in Ordnung. Wenigstens keine blöde Anmache. Und sie verdiente gutes Geld, von dem sie sich immer die angesagteste Kleidung kaufen konnte. Sie mochte Alex und Angelos, ihre Chefs. Cool, lässig und unsterblich ineinander verliebt.

Erneut versuchte sie, sich zu befreien.
Sie zog an ihren Armen. Aber nichts. Den
Kopf konnte sie keinen Millimeter bewegen.
Dann ging die Türe auf.
Drei Personen in grüner Kleidung betraten
den Raum.
Oh Gott. Sie muss operiert werden.
„Wo bin ich? Warum bin ich gefesselt?",
schrie sie in Panik.
Doch die Gestalten antworteten ihr nicht.
Dann wurde ihr Mund aufgerissen und ein
Schlauch eingeführt.

1

„Ich könnte Irini umbringen", sagte Ex-Kommissar Alexandros Nikakis. Er meinte die Tochter des Bürgermeisters, die eigentlich heute Abend in der Bar hätte arbeiten sollen. Alex und sein Ehemann Angelos hatten beide den Dienst bei der Polizei quittiert und beschlossen, auf Mykonos eine Bar zu eröffnen. Nebenbei lösten sie im Auftrag der Gemeinde die schweren Kriminalfälle auf der Insel. Anstelle der Polizei, die jeder für unfähig hielt.

Dieses spezielle Arrangement war zu beider Nutzen und erfolgreich. Die beiden Kommissare hatten vom Dreifachmord bis hin zur Kindesentführung alle Fälle gelöst.

Aber die Fälle waren immer mit Gefahr verbunden, etwas, was die beiden zukünftig vermeiden hatten wollen. Ein bisschen Privatdetektive, ein wenig Barbesitzer und ansonsten viel Zeit füreinander – so war der Plan.

Wie immer kam es anders. Mehrmals befanden sich die zwei in Lebensgefahr und im Zuge eines Falls wurde auch ihre Bar abgefackelt. Letzte Woche war die Renovierung endlich abgeschlossen worden.

Und so hatte das „Golden Eye" wieder geöffnet. Doch statt dem richtigen Namen hieß die Bar bei den Einheimischen „Kommissar-Bar", denn wo sonst auf der Welt waren die Barkeeper waschechte Kriminalkommissare, der eine, Alex, auf Mykonos, der andere, Angelos, in Thessaloniki.

Der Frust über die miserable Bezahlung, die Korruption und zu allererst der Liebe wegen ließen Angelos und Alex ihr bisheriges Leben hinter sich. Sie heirateten und zogen in ein Häuschen in Ornos, im Westen der Insel.

Und sie waren glücklich.

Auch wenn Alex gerade richtig sauer war.

„Sie hätte wenigstens Bescheid geben können!"

„Jetzt beruhige dich mal. Man könnte glauben, es wäre eine Zumutung, wenn du mit deinem Mann zusammen arbeiten musst. Wärst du lieber zuhause auf der Couch statt bei mir?"

Vorsicht, Falle, Alex!

„Natürlich nicht, Großer! Und das weißt du auch. Es ist nur …"

Angelos grinste.

„Du magst es nicht, wenn die Leute mich anstarren!"

„Anstarren? Als ob es nur das wäre. Den meisten läuft der Speichel aus dem Mund und mindestens fünf haben eine Erektion!" Angelos lachte laut.

„Das hättest du dir vorher überlegen müssen, bevor du den schönsten und klügsten Mann der Insel heiratest!"

Nun musste Alex lachen. Die schlechte Laune war verflogen. Etwas, was Alex an Angelos liebte. Seine Fähigkeit, ihn zum Lachen zu bringen und in Krisensituationen durch einen Scherz alles zu beruhigen.

„Du bist gar nicht von der Insel", bemerkte Alex.

„Und der Rest?", fragte Angelos und verschränkte demonstrativ die Arme.

Der Rest stimmt, dachte Alex.

„Äh, hm,…"

„Du stammelst genauso wie bei unserem Kennenlernen", sagte Angelos.

Damals war Alex tatsächlich das Sprachzentrum ausgefallen. Er hatte sich im Bruchteil einer Sekunde verliebt und kein Wort hervorgebracht. Gott sei Dank hatte Angelos die Initiative ergriffen …

„Und? Kommt jetzt noch was?"

Angelos war unerbittlich.

„Natürlich bist du der schönste und klügste Mann der Insel. Und der liebevollste!"

„Geht doch", sagte Angelos und küsste Alex auf die Backe. Als er begann, an Alex´ Ohr zu knabbern, bekam Herr Nikakis senior eine Gänsehaut, wobei „senior" 35 hieß, das „junior" bei Angelos 29.

„Nach fast einem Jahr funktioniert es immer noch!"

Es war auch ein deutliches Zeichen an die ganzen Bewunderer vom „Angelos-Fan-Club", die sich in der Bar versammelt hatten. Er war vergeben.

Und er ist meiner, dachte Alex nicht ohne Stolz.

Kurz vor Mitternacht brummte Alex´ Handy. Der Bürgermeister.

„Ist Irini aufgetaucht?"

„Nein. Aber kurzfristige Änderungen sind bei Mädels in dem Alter nicht ungewöhnlich."

Dass dahinter meist ein Mann steckt, wollte Angelos nicht sagen, das wusste – und fürchtete – der Bürgermeister selbst. Wie jeder Vater war Irini seine kleine Tochter. Dass sie 19 war und – für eine Frau – ziemlich hübsch, verdrängte Bürgermeister Christeas nach Kräften.

Insofern war ihre Nebentätigkeit in der Bar eine willkommene Flucht vor den Flügeln ihres Vaters, die sie zu ersticken drohten.

„Ich könnte sie umbringen", sagte nun ihr Vater. „Frauen machen nur Ärger!"

„Da werde ich Ihnen bestimmt nicht widersprechen", antwortete Alex.

„Ach, komm doch bitte morgen Vormittag in meinem Büro vorbei. Mit Angelos!"

„Warum?"

Es herrschte momentan Ruhe auf der Insel. Keine Morde. Keine Entführungen.

„Morgen Vormittag!"

2

Am nächsten Morgen kam Tomas wie immer
um 6.00 Uhr zum Schuppen am großen
Parkplatz in Ornos. Die Innenbucht war
wegen seiner starken und böigen Winde der
Hotspot der Kitesurfer. Mittlerweile gab es
den unvermeidlichen Shop und ein kleines
Café.
Aber um die Zeit lagen die Kitesurfer noch im
Bett oder sie waren noch unterwegs, denn in
manchen Clubs war auch um sechs Uhr
noch nicht Feierabend.
Aber der Kitesurfer-Strand war nicht das
Aufgabengebiet von Tomas. Also fuhr er mit
seinem Traktor und der Egge zum
Außenstrand, dem eigentlichen Strand von
Ornos. Diesen musste er jeden Morgen
glätten. Hauptsächlich wegen der Sand-
burgen, die die Kinder am Tag zuvor gebaut
hatten. Ornos galt als DER Familienstrand von
Mykonos. Die Burgen waren ein Ärgernis,
denn meist baute Papa mit, denn die Burg
musste natürlich höher sein als die des
Nachbars. Ein Wettbewerb, der zu immer
größeren Löchern im Strand führte. Mitunter
blieb Tomas mit seinem Traktor darin hängen
oder die Egge verkantete sich.

Auch gestern hatte wieder jemand versucht, die Akropolis nachzubauen. Da das Wasser selbst bei Flut nicht bis zu dieser Stelle vordringen konnte, blieb Tomas nichts anderes übrig, als abzusteigen und mit dem Eimer Wasser zu holen, um die tiefsten Löcher abzuflachen.

Er ging in Richtung Meer, als er rechts ein ziemlich großes Ding liegen sah. Für einen Fisch zu groß.

Wahrscheinlich ein Betrunkener, obwohl es in Ornos keine Clubs gab. Aber betrinken kann man sich ja überall. Touristen.

Nach fünf Metern war klar: es ist ein Mensch.

Nach acht Metern war klar: es ist ein toter Mensch.

Nach zwölf Metern war klar: es ist die Tochter des Bürgermeisters.

Tomas rannte kopflos Richtung Uferpromenade. Aber natürlich war alles noch geschlossen. Sein Handy hatte er im Traktor. Also rannte er zurück. Erst dort übergab er sich.

3

Die Tochter des Bürgermeisters.

Es war doch nicht zu fassen. Wie konnte man nur so dumm sein?

Touristen. Es sollten nur Touristen ausgewählt werden. Und dann die Entsorgung der Leiche.

Das kommt davon, wenn Flachländer verstehen wollen, wie das Meer funktioniert. Reinwerfen und weg. Von wegen. Es kommt alles wieder zum Vorschein. Pech, dass es gerade in Ornos geschah.

Ihm wäre ein solcher Fehler nicht passiert. Schließlich lebte er seit zwanzig Jahren auf dieser Insel.

Aber ganz frei von Schuld war auch er selber nicht. Ihm hätte der Name in der Datei auffallen müssen. Ein Fehler, dass sie keine Fotos machen. Dann wäre ihm Irini nicht durchgerutscht.

Ihr alter Herr würde Terror machen. Und die zwei Kommissare könnten gefährlich werden. Nicht die normale Polizei.

Erneut kocht die Wut hoch.

Sein Bruder. Sein bescheuerter Bruder.

4

Die Nachricht hatte das Rathaus noch nicht
erreicht. Im Grunde genommen ein Wunder,
denn Neuigkeiten verbreiteten sich auf
Mykonos üblicherweise mit Lichtgeschwin-
digkeit. Es war heikel. Zwar war die Polizei
schon vor Ort, aber deren Polizeichef Jonas
hatte nur ein Zelt über dem Leichnam
errichten lassen. Bei einer Wasserleiche
überflüssig, denn die Spusi würde nichts
finden können, außer vielleicht am Körper
selber. Es ging um die Person.
Das sollten die beiden Schlaumeier machen,
dachte Jonas. Er hasste die Herren Nikakis,
denn sie hatten ihm „seinen" Job
weggenommen.

Nichtsahnend betraten Alex und Angelos
das Amtszimmer des Bürgermeisters.
„Morgen, Alex, Morgen, Angelos", brummte
Bürgermeister Christeas.
„Irini wieder da?", fragte Alex.
„Nein. Langsam glaube ich, sie ist mit einem
Mann durchgebrannt. Seid froh, dass ihr
keine Kinder habt." Er stöhnte.

„Aber das ist nicht der Grund unseres Treffens. Und der wird euch nicht gefallen. Unser Arrangement, die ‚Kripo' outsourcen und die Schwerverbrechen privat durch euch untersuchen zu lassen, hat ja wunderbar funktioniert. Leider zu gut. Eure Erfolge haben sich herumgesprochen. Und so manche Stadt will es übernehmen!"

„Als ob man das übertragen könnte. Wo gibt es schon zwei Kommissare, die sich ergänzen!", sagte Angelos.

„Zuhören, Angelos. Nun hat sich die Gewerkschaft der Kriminalbeamten eingeschaltet und beim Innenminister protestiert. Den Rest könnt ihr euch denken. Jedenfalls sollen wir wieder einen festen Kommissar einstellen."

Alex und Angelos schauten betreten.

Der Preis des Erfolgs. Neider. Und die Politik.

„Und jetzt muss ich etwas sagen, was mir unheimlich schwerfällt. Der Gemeinderat hat beschlossen, dich, Angelos, zu berufen."

Alex lief vor Wut knallrot an. ER war Kommissar von Mykonos gewesen, bevor …

Angelos blieb zunächst stumm und Alex befürchtete, er würde zusagen.

Aber er hatte die Loyalität seines Mannes unterschätzt.

„Sagen Sie dem Rat doch Folgendes: es ist eine Unverschämtheit gegenüber mir, wenn man glaubt, ich würde meinen Mann derart brüskieren. Und im Bezug auf Alex ist es eine unfassbare Frechheit. Der Mann hat in den sieben Jahren alle Fälle gelöst, soweit ich weiß! Da wäre etwas Respekt angebracht. Dann machen wir halt nur noch die Bar!"
Alex war noch immer schockgefroren.
„Ich habe diese Reaktion befürchtet. Es liegt glaube ich daran, dass du, Alex, wirklich jedem auf der Insel auf die Füße getreten bist. Fachlich gäbe es sicher nichts zu beanstanden. Wie auch immer, wir haben ein Jahr Zeit und vielleicht fällt uns noch eine elegante Lösung ein. Und bitte: ich war nur der Überbringer der Botschaft."
„Er ist der bessere Kommissar", brummte Alex und meinte es ernst.
„Alex! Das ist Unsinn. Wir sind ein Team. Basta!", antwortete Angelos kategorisch und stand auf.
Als sie das Rathaus verließen, sagte Alex nur „Danke", stand aber sichtlich unter Schock.
„Ich hoffe, du hast nicht eine Sekunde an mir gezweifelt", meinte Angelos.
„Ich war zu geschockt für irgendwas. Aber du hättest es verdient, weil du der bessere

Kriminaler bist. Es bleibt aber ein Tiefschlag für mich!"

„Es gibt entweder nur uns beide zusammen oder sie sollen sich jemand anders suchen. Deine Aufklärungsquote hatte nicht mal ich", sagte Angelos grinsend.

„Das kannst du nicht vergleichen. Trotzdem bin ich dir dankbar."

„Wofür? Dass ich zu meinem Mann stehe? Also bitte!"

Da hörten sie Maria hinter sich rufen:

„Angelos! Alex!"

Sie war ganz außer Atem.

5

„Hört zu, man hat Irini gefunden. Am Strand von Ornos. Tot. Und übel zugerichtet. Es traut sich aber niemand, es ihm zu sagen", sagte Maria.

Alex schaute geschockt. Ihre Irini. Angelos wand sich ab.

„Wir machen das", sagte er, mit Tränen in den Augen.

Mein Mann zeigt sein eigentliches Gesicht. Sensibel und verletzlich dachte Alex.

Als sie das Zimmer des Bürgermeisters betraten, konnte dieser an Angelos Gesicht schon erkennen, dass etwas passiert war.

„Es tut uns leid, aber man hat Irini gefunden. In Ornos. Tot. Näheres wissen wir nicht. Aber wir fahren gleich hin."

Manche Angehörige fangen an zu schreien oder sie fallen in Ohnmacht. Manche erfasst eine Lähmung, bei anderen erlischt das Licht in den Augen.

Christeas gehörte zur letzten Gruppe.

Man sah, wie das Leben aus ihm wich. Was könnte für einen Vater schlimmer sein, als der gewaltsame Tod der Tochter?

„Wir versprechen Ihnen, dass wir den Täter fassen. Da wir Irini kannten und sehr mochten, geht diese Ermittlung auf uns. Mehr können wir im Moment nicht tun. Wenn wir sonst helfen können, jederzeit", sagte Angelos.

„Und wir halten Sie auf dem Laufenden. Ich denke, sie wird gegen 14.00 Uhr in der Pathologie sein. Wenn Sie möchten … Sie müssen aber nicht."

„Ich weiß noch nicht", sagte der Mensch hinter dem Schreibtisch, der nur noch eine Hülle war.

6

Angelos sagte während der ganzen Fahrt nichts. Alex kannte seinen Mann. In diesen Momenten war Schweigen angesagt.

Als sie sich jedoch dem Strand von Ornos näherten, konnte Alex nicht anders, als zu fluchen.

„Dieser Vollidiot. Ein Pavillon am Strand. Damit ihn jeder für eine Eisbude hält und hinläuft!"

Tatsächlich hatte sich eine riesige Traube Menschen um das provisorische Zelt gebildet.

„Du Vollidiot", brüllte Alex Jonas an, den obersten Polizisten der Insel. Zumindest auf dem Papier war er es.

„Das ist eine Wasserleiche, kapiert? WASSER! Da gibt es keine Spusi, weil das nämlich nicht der Tatort war. Die Leiche hätte schon vor fünf Stunden in der Pathologie sein können. Stattdessen röstet sie hier in der Hitze dahin."

„Den Ton verbitte ich mir von einem Zivilisten", antwortete Jonas.

„Der Zivilist wird dem Bürgermeister sagen, dass du seine Tochter gegrillt hast. Davon wird er nicht begeistert sein!"

Jonas wurde bleich, fing sich aber.

„Ich habe gehört, dein Mann wird dein neuer Chef?"

Angelos griff sofort nach Alex´ Shirt, aber es war zu spät. Alex verpasste Jonas eine aufs Auge. Eine ausgewachsene Prügelei verhinderte Angelos, indem er Alex festhielt.

„Das gibt eine Anzeige", schrie Jonas.

„Nur zu. Dann erfährt die ganze Insel, was für ein Vollpfosten du bist."

„Ruhig, Brauner", sagte Angelos und rief den Krankenwagen für den Leichentransport in die Klinik.

„Verpiss dich", sagte Alex zu Jonas. Es war der Standardsatz an einem Tatort.

Angelos besah sich die Leiche.

„Ein Stich ins Herz und frische Narben an Leber und Nieren!"

„Ausgeweidet? Arme Irini. Ein Psychopath? Ein Serienkiller?", sagte Alex.

„Nein. Die Wunden sind alle vernäht. Das machen Serienkiller selten", antwortete Angelos.

„Entschuldige. Ich bin heute etwas daneben!"

„Was weniger an Irini liegt, als an dem Angebot des Bürgermeisters, oder?", fragte Angelos.

„Ja, ich kann mich immer noch nicht beruhigen. Aber wenn du meinst, Irinis Tod mache mir nicht zu schaffen, dann irrst du dich!"

Der Krankenwagen kam und die Leiche wurde verladen.

„Du weißt schon, dass Jonas dich anzeigt!", sagte Angelos.

„Klar. Ist mir egal. Mantzaris wird schon etwas einfallen."

Richter Mantzaris war Alex und Angelos gewogen.

„Mein Mann, der brodelnde Vulkan", sagte Angelos grinsend.

„Du weißt schon, dass wir bei Aris und Pia eingeladen sind."

„Klar. Ich bin der Pingelige von uns beiden. Steht im Kalender!", antwortete Alex.

7

„Wozu braucht ihr mich eigentlich noch?"
fragte Dimitriadis, Chefarzt der Klinik und
damit der einzige Pathologe der Insel.
„Dein Mann ist doch Medizin-Experte!"
„Oh Herrgott, er ist Kommissar mit viel
Großstadterfahrung. Er hat mit Sicherheit
mehr Leichen gesehen als wir beide
zusammen. Also lass diesen Unsinn", knurrte
Alex gereizt.
„Ich wollte, meine Frau würde mich so
verteidigen wie du deinen Mann!",
antwortete Dimitriadis.
„Also keine Lust auf Spötteleien heute,
Begriffen."
„Darf ich?", fragte Angelos.
„Bitte, Herr Professor!"
Oh du Arschloch, dachte Alex.
„Der Täter hat die Nieren und Leber
entnommen, weil an diesen Stellen der
Körper Einbuchtungen aufweist. Es sieht aus,
als hätte das Ganze ein Fachmann ausge-
führt. Die Nähte sind perfekt. Der Täter dürfte
ein Chirurg sein!"

„Erstens ist wie immer alles richtig. Zweitens: ich war es nicht und ich bin der einzige Chirurg auf der Insel!"

„Wieso entnimmt er Nieren und Leber, aber nicht das Herz?", fragte Alex.

„Weil die Entnahme des Herzens viel schwieriger ist und er dazu mehr Personal braucht als für eine Nierenentnahme", antwortete Angelos.

„Na bitte. Sag ich doch. Ich bin hier überflüssig. Nun entschuldigt mich. Es gibt noch Patienten, die auf meine Meinung wert legen", spöttelte Dimitriadis und knallte die Tür zu.

Alex verdrehte die Augen.

„Reg dich nicht auf. Er kann es nicht leiden, wenn jemand schlauer ist als er. Das muss man akzeptieren. Ich schaffe es ja auch", sagte er zu Angelos.

Und der ahnte, dass er in der Nacht noch einen verbalen Einlauf verpasst bekommen würde. Ohne etwas getan zu haben.

8

Es stand aufrichtige Freude in den Gesichtern von Aris und Pia, als Alex und Angelos in der Tür standen. Die beiden hatten die Tochter der beiden aus den Fängen ihres Entführers befreit. Ihr stand der Tod kurz bevor, denn sie hatte eine Woche lang nichts zu trinken und essen bekommen.

Anna. Ein süßer Fratz von vier Jahren.

In dem Alter kann man noch vergessen.

„Unsere Helden", rief Pia und küsste Alex und Angelos.

Auch Aris umarmte beide.

„Anna wollte unbedingt aufbleiben, um euch zu sehen, aber sie ist dann am Tisch eingeschlafen", sagte Pia lachend.

„Hauptsache, alles geht wieder seinen normalen Gang. Dann wird sie es vergessen!", sagte Angelos.

„Es scheint nichts geblieben zu sein. Im Gegenteil, sie ist viel fröhlicher als vorher", meinte Aris.

„Na ja. Sie hat geglaubt, Mama und Papa wären tot", antwortete Alex.

„Wir waren tot. Seelisch. Wir haben euch viel zu verdanken. Die Polizei hätte es nie aufgedeckt. An Leonidas hätte sich niemand herangewagt. Außer ihr!", sagte Pia leise.

„Der Dank gebührt allein ihm", sagte Alex und zeigte auf Angelos. „Es war er, der die Verbindung der Morde zu der Entführung zuerst geahnt und dann aufgedeckt hat!"

„Ich denke mal, es lag daran, dass ihr einfach ein gutes Team seid, beruflich und privat", meinte Aris.

„Entschuldigt, wir sind ein bisschen angeschlagen. Ihr habt sicher gehört, dass man Irini heute früh tot aufgefunden hat", sagte Angelos.

„Ja. Ein Horror für den Vater. Wir können uns vorstellen, was er durchmacht. Auch wenn wir unsere Tochter wiederhaben. Wir glaubten, sie sei tot. Du fühlst nichts mehr. Nichts macht mehr Sinn. Es ist, als würdest du eine Grabplatte auf dem Rücken schleppen. Meint ihr, es würde ihm helfen, wenn wir mit ihm sprechen?", fragte Pia.

„Ich glaube nicht. Das Beste für ihn ist seine Arbeit. So war es jedenfalls bei mir", sagte Angelos.

„Dir ist ähnliches passiert?", fragte Aris.

„Angelos, nein!", ging Alex dazwischen.

„Ich wurde vergewaltigt. Und mich hat die Arbeit am Leben gehalten. Und danach mein Mann." Angelos küsste Alex auf die Backe.

„Kaum zu glauben, was für Dramen sich bei Menschen abspielen können, bei denen man denkt, sie führen ein normales Leben", sagte Pia. „Wichtig ist nur, dass man jemand an seiner Seite hat. Und jetzt ,Guten Appetit'"

9

„Was für ein Tag", sagte Alex, als die Herren
Nikakis endlich im Bett lagen.

Angelos stütze sich auf dem linken Ellen-
bogen ab und fragte:

„So! Was habe ich heute falsch gemacht?
Du brodelst immer noch. Also raus damit!"
Alex atmete tief ein.

„Was sollte der Spruch, dass du akzeptierst,
weniger intelligent zu sein als ich? Das habe
ich nicht verdient. Ich habe keine Sekunde
daran gedacht, das vergiftete Angebot des
Bürgermeisters anzunehmen. Und die
Empörung war nicht gespielt. Dafür kennst
du mich zu gut. Ich helfe dir bei Mantzaris.
Und jetzt bist du sauer auf mich?", ergänzte
Angelos.

„Ich bin nicht sauer auf dich. Du hast nichts
falsch gemacht, du bist mir zur Seite
gestanden. Aber ich komme mir trotzdem
erniedrigt vor. Das heute Morgen war ein
Schlag für mich. Obwohl das Angebot
gerechtfertigt ist. Du bist besser als ich. Das
weiß ich schon länger und ich dachte, es
macht mir nichts aus. Aber wenn es so

deutlich wird wie heute, bin ich doch getroffen."

„Jetzt hör´ mir mal zu. Ich habe noch nie, noch nie gedacht, dass du weniger intelligent bist als ich. Warum denkst dann du so etwas? Ich hätte dich garantiert nicht geheiratet, wenn ich gedacht hätte, du wärst dümmer als ich. Bitte entwickle keinen Komplex, sonst traue ich mich nicht mehr, irgendetwas zu sagen. Aus Angst, dich zu verletzen. Und das wäre der Anfang vom Ende. Ich liebe dich. Du bist intelligent, sensibel und noch so viel mehr. Die Herren im Rat wollten dir eine reinwürgen. Alte Rechnungen begleichen. Das ist alles. Und wir haben einen Krach untereinander und das wollten die bestimmt auch erreichen. Es gibt einige, die uns unser Glück neiden. Wieso lässt du das zu?", sagte Angelos.

Alex dachte nach.

„Du hast recht!"

„Gut. Können wir dann jetzt bitte Sex haben? Schöne Männer wie ich brauchen das täglich, sonst verwelken sie!"

Alex lachte laut – zum ersten Mal an diesem Tag.

10

„Sehe ich euch jetzt jede Woche?", knurrte Richter Mantzaris.

„Wenigstens ist es diesmal nicht wegen Erregung öffentlichen Ärgernisses!"

„Das kommt nächste Woche", sagte Angelos grinsend.

„Vorsicht, junger Mann!" Aber auch der Richter lächelte.

„Alex, wie kann ein Polizist den anderen schlagen?"

„Jonas ist kein Polizist, sondern ein Voll-pfosten!", antwortete Alex.

„Das ist er zweifellos, aber er muss ja auch nur Strafzettel ausfüllen. Das schafft er knapp."

Angelos lachte.

„Ich habe gehört, du sollst der neue Polizeichef werden?", fragte der Richter.

Oh nein, bitte nicht, dachte Angelos.

Alex lief schon wieder rot an.

„So wie ich dich einschätze, hast du empört abgelehnt!"

„Ja. Es war und ist eine Unverschämtheit gegenüber Alex."

„Das ist es. Aber du hast im Fall Leonidas die richtigen Verbindungen gesehen, als wir noch im Dunklen tappten. Kompliment!"

Themenwechsel. Bitte, dachte Angelos.

„Na gut. Dann schreiten wir zur Verhandlung. Noch ist mir nichts eingefallen, was einen Freispruch nach sich zieht", sagte der Richter.

„Ich hätte, mit Verlaub, eine Idee", meinte Angelos.

Für die meisten Rentner war das Gericht so etwas wie eine Begegnungsstätte – nur deutlich unterhaltsamer. Sobald es um Angelos und Alex ging, war es noch voller, denn meist ging es um außerhäuslichen Geschlechtsverkehr. Diesmal allerdings nicht.

„Jonas. Kommissar Nikakis senior hat dich also geschlagen?"

„Der ist gar kein Kommissar mehr", knurrte Jonas.

„Herr Nikakis bleibt bis zu seinem Lebensende Kommissar, das ist sein Beruf. So wie ich Richter bin bis zum Tode, wenn auch nicht mehr im Amt. Im Übrigen überlässt du es dem Gericht, wie es Personen anredet. Verstanden? Gut!"

„Wenn ich die Zeugen richtig verstehe, hat dich der Angeklagte geschlagen, weil du grundlegende Fehler im Umgang mit der Leiche von Irini Christeas begangen hast. Du hast sie fünf Stunden liegenlassen und sie nicht in die Pathologie bringen lassen. Dadurch könnten manche Beweise verloren gegangen sein. Und dies nur, um deinen Kleinkrieg mit den Herren Nikakis fortzusetzen. Und um sich davor zu drücken, dem Bürgermeister die Todesnachricht zu überbringen. Also leite ich von Amts wegen ein Verfahren wegen Behinderung von Ermittlungen gegen dich ein. Außer du ziehst die Anzeige zurück", sagte Richter Mantzaris.

„Von mir aus", antwortete Jonas.

„Es heißt ‚Von mir aus, Herr Richter'. Dann wäre das wohl erledigt!"

11

Es war purer Zufall.
Die Menge an Gütern ist in jedem Hafen so groß, dass nur ein winziger Bruchteil durch den Zoll kontrolliert werden kann.
Hinzu kommt, dass die Zöllner durch ihre niedrigen Gehälter nicht besonders motiviert sind oder sogar dafür bezahlt werden, wegzusehen oder Kollegen von einer Inspektion abzuhalten.
Ferner gibt es in der Ägäis Hunderte von Häfen auf engstem Raum. Der Zoll kann manche Ports überhaupt nicht besetzen. Bekommt man keinen heißen Tipp, schaut die Kontrollbehörde in die Röhre und muss „heiße Ware" ziehen lassen – entweder ins Land (meist Drogen) oder hinaus.
An diesem Tag hob Kranführer Giorgios im Hafen von Mykonos einen Container hoch. Es war Glück, dass er aus der Höhe erkannte, dass sich eine der Türen geöffnet hatte. Ein paar Sekunden später und der ganze Inhalt wäre am Boden zerschellt.
So setzte er den Container wieder ab und fluchte. Schließlich musste er extra von der Kabine hinunterklettern. Er war allein an diesem Morgen im Kleinhafen von Mykonos.

Als er den Container wieder verschließen wollte, blickte er für eine Sekunde ins Innere und sah einen Sarg. Er warf einen Blick auf die Frachtpapiere und fand darauf keinen Eintrag. Er fluchte und funkte den Hafenmeister an – Janis, ehemaliger Polizist und Untergebener von Alex. Man hatte ihn zum Chef befördert und gehofft, dass ein Polizist weniger korrupt sein würde als seine Vorgänger. Tatsächlich schien es im Hafen korrekt zuzugehen.

Da er Polizeichef Jonas nicht leiden konnte, verständigte er direkt Alex.

„Soll ich den Bestatter rufen wegen des Öffnens des Sarges?", fragte Janis.

„Nein, aber ein Brecheisen wäre nicht schlecht!"

Jonas jedenfalls würde das Weite suchen. Leichen fielen nicht in seine Zuständigkeit.

15 Minuten später standen Alex und Angelos vor dem Sarg, den man zwischenzeitlich in das Lagerhaus gebracht hatte.

„Dann wollen wir mal", sagte Alex und setzte das Brecheisen an.

Zum Vorschein kam eine männliche Leiche, schon ein bisschen ramponiert.

„An den Geruch werde ich mich nie gewöhnen", sagte Alex.

„Und deswegen habe ich immer Nasenzwicker dabei. Tipp des Pathologen in Saloniki", antwortete Angelos und reichte Alex eine der Klammern. Gott sei Dank war die Leiche nackt. Nichts ist schwieriger als eine Leiche von ihrer Kleidung zu lösen, denn die austretenden Körperflüssigkeiten hatten die Eigenschaften eines Sekundenklebers.

„Irgendwelche Frachtpapiere?", fragte Alex Janis, der vor dem Lagerhaus stehen geblieben war.

„Nein. Es ist ein Sammelcontainer für Kleinfracht. Da gibt es keinen Auftraggeber!"

„Aber irgendjemand muss den Container doch beladen haben", sagte Angelos.

„Ach Gott. Die Sammelcontainer stehen tagelang offen im Lagerhaus. Das Gut wird gesammelt und wenn der Container voll genug ist, geht es weiter nach Piräus. Da kann jeder hin und etwas hineinlegen. Wir sind …"

„ … chronisch unterbesetzt, ich weiß!", ergänzte Alex.

„Schau hin, wie bei Irini Schnitte über der Leber, die vernäht wurden. Den Rest schauen wir uns bei Dimitriadis an", sagte Angelos.

Als sie an der Klinik ankamen, fiel Alex ein großes Schild auf.

„Kostenloser Gesundheitscheck mit CT und Volllabor für alle zwischen 18 und 25. Auch Touristen willkommen. Prämie 100 Euro."

Und das Ganze in vier Sprachen.

„Ich glaube, das sollte uns Dimitriadis einmal näher erklären", sagte Angelos in Vorfreude auf das Geplänkel mit dem Chefarzt.

„Bitte keine Privatfehde. Ich will nicht wegen jeder Obduktion nach Athen", bat Alex.

Doch Angelos hielt sich anfänglich zurück. Schließlich kam die Leiche zuerst.

„Ich würde sagen, der Mann ist vor etwa einer Woche verstorben. Wie bei Irini ein Stich

ins Herz. Entnommen wurden Leber und Niere, fachmännisch, wenn ich mir die Nähte ansehe. Ist Herr Professor einverstanden?"
Angelos lächelte nur.
„Schon. Nur weist diese Leiche keine Einbuchtungen aus. Bei Irini waren richtige Dellen im Körper."
Dimitriadis schnaubte. „Richtig" knurrte er.
„Dann machen wir die Leiche doch mal auf", schlug Angelos vor.
„Wollen Sie das machen?", fragte Dimitriadis spöttisch.
„Nein, danke. Nach Ihnen", antwortete Angelos grinsend.
Dimitriadis setzte das Skalpell an und trennte die Nähte über der Leber auf.
Zum Vorschein kam ein Beutel mit weißem Pulver.
„Grundgütiger. Eine Leiche als Drogenkurier. Dann finden wir wohl anstelle der Nieren noch ein paar Beutelchen", sagte Alex.
„Wer kontrolliert schon gerne Särge oder gar Leichen", stellte Angelos fest. „Organe raus und Drogen rein. Und da wir nicht wissen, wohin in Piräus der Sarg sollte, kommen wir nicht weiter. Wahrscheinlich sollte er genauso abgeholt werden, wie er abgegeben wurde. Heimlich, ohne dass es

jemandem auffällt. Könnte ein Bestatter sein, aber da gibt es in Athen und Piräus Hunderte. Wir wissen nicht einmal, wer er ist. Vermisst wird niemand. Kein Insulaner, kein Tourist! Und fremde DNA finden wir bestimmt auch keine. Für eine Organentnahme muss es besonders steril sein, richtig?"

„Wenn Sie es sagen", knurrte Dimitriadis.

„Sagen Sie mal, was ist das für ein Programm, für das Sie werben? Der kostenlose Check, für den man Geld bekommt?"

„Ich wüsste nicht, was Sie das angeht!"

„Uns nicht, aber vielleicht die Steuer- fahndung, denn irgendjemand muss das ja bezahlen. Sie haben also Einnahmen, die in der Buchhaltung erfasst sein sollten, was sie bestimmt nicht sind", meinte Angelos lächelnd.

„Hättest du nicht irgendeinen Stricher von der Insel heiraten können?", fragte Dimitriadis und schaute Alex an.

„Nein. Der würde nicht immer die richtigen Fragen stellen."

13

„Es ist ganz harmlos. Wir bekommen für ein Forschungsprojekt Geld von einer englischen Pharmafirma. Keine Testreihe für ein Medikament oder ähnliches. Wir machen bei den Leuten nur ein großes Blutbild und eine Untersuchung im CT. Das ist alles. Die Ergebnisse geben wir dann anonymisiert weiter."

„Aha. Und was ist der Sinn und Zweck?", fragte Angelos.

„Es geht um die Häufigkeit von Anomalien im Blut bei jungen Menschen. Reine Statistik für deren Planungen, was die Entwicklung von Medikamenten angeht. Gegen Anämie oder ähnliches. Mit der Prämie melden sich halt mehr Personen als sonst. Es sollen um die 5.000 werden, 2.000 haben wir schon", antwortete Dimitriadis.

„Moment. Wenn die Blutanalyse 100 Euro kostet, der CT vielleicht 300, sind das über zwei Millionen", sagte Angelos.

„Woher kennt er die Preise?", fragte Dimitriadis Alex.

„Privatpatient. Da bekommt man eine Rechnung", antwortete Alex.

„Aber das sind Peanuts für eine Pharmafirma.
Und wir brauchen das Geld. Von den paar
Patienten auf der Insel könnten wir uns
unsere Geräte nicht leisten. Dann müssten
alle nach Athen!"
„Und wie gehen die Daten an die Firma?",
fragte Angelos.
„Die werden abgerufen."
Dimitriadis ging zu einem der Computer.
„Wir haben ein Programm von der Firma.
Dort geben wir die Daten und eventuelle
Diagnosen ein. Wir erfassen zwar zunächst
die Daten, also den Namen und die
Anschrift. Das müssen wir für die Steuer. Dann
aber werden die Namen und Anschriften
gelöscht und durch eine Nummer ersetzt.
Hier. Aus Egidio Maldini wird B 394. Erst dann
gehen sie weiter ..."
„Moment. Sie haben dieses Programm auf
allen Rechnern?", fragte Angelos.
„Ja. Warum?"
Angelos sah sich die Maske genauer an.
Der Name war gelöscht und es stand nur
noch die Codenummer da.
„Lassen Sie mich mal ran", sagte er.
Er drückte einige Tastenkombinationen.
Plötzlich stand in der Maske der Name Egidio
Maldini samt Adresse.

„Von wegen anonymisiert. Einmal eingegeben sind sie erfasst und werden so auch weitergegeben. Und da das Programm auf allen Rechnern ist, müssen Sie jemand kommen lassen, der die Spyware beseitigt. Oder gleich neue Computer kommen lassen", sagte Angelos mit sichtbarem Vergnügen.

Dimitriadis starrte noch immer auf den Bildschirm.

„Sie brechen das Programm sofort ab und geben uns die gesamte Korrespondenz samt Mails. Plus eine Liste der bisher erfassten Personen!"

„Aber das dauert Tage!"

„Tja. Ist Ihnen ein Verfahren wegen Verstoßes gegen die Schweigepflicht lieber - oder wegen Beihilfe zum Mord? ? Gibt auch keine gute Presse".

Angelos grinste Dimitriadis an.

Er klopfte ihm auf die Schulter und sagte:

„Ein Stricher hätte das nicht gesehen!"

14

„Den hast du aber richtig zerlegt. Hoffentlich muss keiner von uns hier je operiert werden", sagte Alex, als sie die Klinik verließen.

„Aber wir können unmöglich bei 2.000 Personen überprüfen, ob sie noch leben."

„Das weiß ich auch. Ich wollte ihn nur ärgern. Soll er ruhig ein paar Nachtschichten einlegen. Die Drucker werden glühen. Und sobald wir alles haben, schmeißen wir es weg. Kleine Rache für den ‚Stricher'!"

Alex lachte.

„Du kannst richtig fies sein. Hoffentlich werde ich nie dein Ziel!"

„Warst du als Polizist immer nett?", lautete die Gegenfrage, die keiner Antwort bedurfte.

Zuhause grinste Angelos noch immer.

„Aber was hat uns der heutige Tag gebracht?"

„Na, zumindest ist das Programm gestoppt!", sagte Angelos.

„Du glaubst also, man hat Irini und den anderen wegen der Organe getötet und hinterher quasi als Drogenpakete verschickt? Und dass diese Firma dahintersteckt?"

„So ähnlich. Man sucht sich anhand der frischen Daten die passenden, unfreiwilligen Spender. Den Jungen haben sie sich einfach vor Ort gegriffen. Als Adresse war nämlich nicht die Heimatanschrift, sondern das Hotel erfasst, in dem er wohnte."

„Aber wenn jetzt keine Daten mehr kommen, dann wissen die Täter, dass sie aufgeflogen sind", sagte Alex.

Angelos überlegte.

„Du hast vollkommen recht. Ich Idiot. Wir müssen Dimitriadis sagen, er soll vorläufig weitermachen. Aber er soll bei jedem einen Laborwert nach oben setzen, am besten irgendeinen Entzündungswert. Leukos oder CRP. Irgendetwas, was den Probanden ungeeignet fürs Organspenden macht. Sie werden zwar stutzig werden, aber es verschafft uns vielleicht zwei Wochen."

Er stand auf und küsste Alex auf den Kopf.

„So. Von wegen ich bin der bessere Ermittler. Das war ein kapitaler Bock von mir. Ich könnte mich ohrfeigen. Gott sei Dank habe ich dich."

Angelos meinte es ernst mit seinem Kompliment, war aber sichtlich getroffen.

„Ich habe mich so darauf konzentriert, Dimitriadis zu grillen, dass mir der Fehler nicht aufgefallen ist. Das hätte nicht passieren dürfen. Rufst du ihn an? Bei mir schaltet er bestimmt auf stur."

Alex nickte.

„Klar."

Zuhause erledigte Alex den Anruf.

„Alles weitergegeben. Dimitriadis war sichtlich erleichtert!"

„Ist schon klar. Bei einem Stopp hätte die Pharmafirma mit Sicherheit die Zahlungen eingestellt. Wäre ein harter Schlag für den Herrn Chefarzt. So kann er weiter kassieren. Und ein Konzern bekommt falsche Daten. Schöner Nebeneffekt. Danke fürs Fehler ausbügeln", sagte Angelos.

15

„Mein Schöner, was ist mit dir?", fragte Alex, als sie im Bett lagen.

„Ich bin sauer. Auf mich", lautete die Antwort.

„Sag, hältst du mich für arrogant oder eitel? Ehrliche Antwort, bitte", fragte Angelos.

„Ich bin immer ehrlich zu dir. Natürlich bist du eitel. Alles andere wäre unnormal bei deinem Aussehen. Als Ermittler bist du souverän und selbstsicher. Musst du auch sein, sonst kommst du nicht zu Ergebnissen. Wer dir blöd kommt, den zerlegst du. Alles in Ordnung. Ich habe dich noch nie arrogant erlebt, mir gegenüber. Im Gegenteil, ich kenne eher den zweifelnden und unsicheren Angelos. Und ich liebe beide, wenn es dich beruhigt."

Angelos lachte.

„Ich bin also schön, klug und ein wenig schizophren. Aber beide Hälften sind dankbar, dass es dich gibt!"

„Du weißt schon, dass wir übermorgen unser Einjähriges feiern", fragte Alex.

Angelos grinste.

„Als ob ich das vergessen könnte", sagte er.

„Du hast mich damals gerettet."

„Wenn ich mich recht erinnere, habe ich nur gestottert und kein vernünftiges Wort herausgebracht. Das war nun wirklich keine Rettung", meinte Alex und lachte.

„Das war unglaublich süß. Da wusste ich schon: der oder keiner. Und ich habe mich nicht getäuscht."

Angelos kuschelte sich an Alex.

Da ist er, der sensible Angelos, der in den Arm genommen und beschützt werden will.

„Muss ich jetzt sagen, wie schön und … ", fing Alex an und grinste.

„Nein. Ich weiß es auch so. Kein Tag, an dem ich nicht merke, wie sehr du mich liebst. Natürlich vollkommen zu Recht!"

Dann gab es noch zwei weitere Gründe:

Zum einen roch Angelos unglaublich gut, obwohl er weder Parfum noch Lotion verwendete. Zum anderen war er von einer Leidenschaft, die Alex vorher nie kennengelernt hatte. Im Vergleich zu vorher war es wie Sex vom anderen Stern.

16

Fünf Minuten nachdem Alex und Angelos die Klinik verlassen hatten, schlich sich einer der Krankenpfleger aus dem Haus, ging die Straße hoch Richtung Kreisverkehr und stellte sich hinter den Kiosk.

„Hör zu. Die zwei Bullen waren gerade hier. Sie haben die Leiche im Hafen gefunden. Und auch die Ware. Aber es gibt noch eine schlechte Nachricht: der junge Bulle hat die Spyware entdeckt. Dimitriadis hat aber angeordnet, mit dem Programm weiterzumachen!"

Florin Dimitrescu saß in seinem Büro und bekam bei jeder der schlechten Nachrichten eine Gänsehaut. Er war halt doch kein geborener Krimineller. Eigentlich war er einmal Arzt. Als die Bezahlung im staatlichen Krankenhaus von Cluj immer schlechter wurde und teilweise ganz ausfiel, beschloss er, dass er sein Leben ändern musste.

In Bukarest ist das Verbrechen allgegenwärtig und so traf er bald einen Mann, der eine bestechende Idee hatte – und auch das dafür nötige Kapital.

Der hippokratische Eid, den er einst geleistet hatte, belastete sein Gewissen nicht. Fressen oder gefressen werden, lautete die Devise in diesen Zeiten.

Es war ein größeres Bauprojekt in Tagoo, dem besten Viertel von Mykonos-Stadt und so mancher wunderte sich über die Tiefe des Fundaments. Aber er ließ gezielt das Gerücht streuen, der Besitzer sei Milliardär und brauche die Untergeschosse als Stellplatz für seine zahlreichen Oldtimer. Ein wenig Schmiergeld sorgte für zügige Bauarbeiten, die von niemandem unterbrochen wurden. Und wie von seinem Geschäftspartner erahnt, war auch die örtliche Klinik mehr als froh, dass sie Profiteur eines Forschungs-programms wurde. Gelder, die durch die wenigen Patienten garantiert sonst nie eingegangen wären.

Das System war genial. Die Daten aus der Klinik wurden in ein Punktesystem umge-rechnet, um die Eignung als Spender zu ermitteln. Und man hatte die Auswahl. Da man die Adressen besaß, konnte man hier oder zuhause „akquirieren". Auf Mykonos beschränkte man sich auf eilige Anfragen. So kam man auf Irini und den kleinen Italiener. Und damit begann die Serie von

Böcken, die auch er mit zu verantworten hatte. Dimitrescu machte sich keine Illusionen hinsichtlich seiner Überlebenschancen für den Fall, dass die beiden Bullen das System aufdeckten. Der Herr aus Bukarest war als Beton-Victor bekannt, da er so manchen Mitstreiter bei Constanza im Schwarzen Meer versenkt hatte.

Dimitrescu versuchte, sich zu beruhigen. Wenn sie das System weiterlaufen ließen, hatten sie die Tragweite offensichtlich nicht erkannt. Und sie würden sich zunächst auf die Klinik und alle Praxen der Stadt konzentrieren. Zum anderen würde die Leichenentsorgung in Zukunft anders organisiert werden. Bei Irini hatte er den klassischen Fehler eines Landeis begangen und eine wichtige Erfahrung aller Meeresanwohner, besonders der Fischer, übersehen: das Meer spuckt das meiste von dem wieder aus, was man in ihm versunken glaubt.

Ihn traf fast der Schlag, als er erfuhr, dass man Irini in Ornos gefunden hatte. Er hätte einen Fischer bestechen sollen, der die Meeresströmungen kannte. Nun, hinterher ist man immer schlauer. Und der Transport über den Hafen war auch zu unsicher. Wer denkt denn, dass sich die schweren Türen eines

Containers einfach so öffnen. Da die Insel über keine Pathologie verfügte, hatte Dimitrescu damit gerechnet, dass man zwar die OP-Narben entdecken würde, aber dass die Leiche erneut aufgeschnitten wurde kam doch überraschend.

Daher kam er auf eine andere Lösung, mit der auch Bukarest einverstanden war. Man würde die Leichen zusammen mit den Organen von der Insel schaffen. Skurril. Die Leiche zusammen mit ihren Organen, wiedervereint und doch getrennt.

Das Geniale war, dass Jets mit Organen überall Priorität genossen, wegen der Dringlichkeit. Um die Beseitigung der Leichen würde man sich in Bukarest kümmern. Dort war ein Mensch schlicht weniger wert und entsprechend wenig Beachtung fand eine Leiche.

Aber nun musste er sich um eine andere Lieferung kümmern. Diesmal um eine eingehende. Und die hatte nichts mit Organen zu tun.

Es war seine Bezahlung und die war mehr als üppig.

Sein Fahrer war schon unterwegs, um sie abzuholen. Er konnte es fast nicht mehr aushalten. Die Weitergabe sollte übermorgen stattfinden. Alles war schon vorbereitet.

Da klingelte sein Handy. Es war ein besonders kurzes Gespräch. Es gab weder ein ‚Hallo', noch eine Verabschiedung, sondern lediglich einen Code.

„B 412"; sagte die Stimme. „03.00 Uhr!".

Hieß um drei Uhr würde der Jet landen.

Dimitrescu fluchte. Wieder auf der Insel.

Miguel Fonte war Portugiese. 18 Jahre alt.
Und es war sein erster Urlaub überhaupt.
Natürlich war er in Portugal schon am Meer.
Aber Urlaub hieß für ihn: Party, Frauen und
vielleicht ein paar Drogen. Mal sehen.
Das einzige Problem war: viel Geld hatte er
nicht. Die richtigen Beachclubs waren teuer.
Umso erfreuter war er, als er unter der Türe
seines einfachen Zimmers im „Eleni" im
Zentrum eine Einladung ins „Tropicana" fand.
Kostenloser Eintritt plus einen Cocktail. Und
der Bus würde auch noch in der Nähe
abfahren. Er fühlte sich als Glückspilz und
überlegte lange, was er anziehen sollte.
Gut gelaunt ging er in Richtung Fabrika-Platz.
Dort stand tatsächlich ein Bus mit einem
Schild „Tropicana" an der Seite.
Er zeigte dem Fahrer seine Einladung und der
nickte nur.
Zu Miguels Überraschung fuhr der Bus sofort
los. Wo waren die anderen, fragte er sich.
Als ahnte er die Gedankengänge seines
einzigen Fahrgastes, sagte der Fahrer:
„Glück gehabt. Der andere Bus ist vor zehn
Minuten losgefahren und war proppenvoll.

Sie bekommen also eine Exklusivfahrt. Im Dosenhalter steckt eine Pina Colada, sie ist gratis!"

Gratis war Miguels Zauberwort. Sofort öffnete er die Dose und trank. Es würde ein toller Abend werden. Die erste rauschende Partynacht seines Lebens.

Er merkte nichts, denn Sulfonamid ist geschmacksneutral.

Es sollte seine letzte Nacht auf Erden werden. B 412 war auf dem Weg ins Jenseits.

18

Alex lag im Bett und war vollkommen außer Atem und dennoch relaxed. Die Muskelverspannungen und Kreuzschmerzen waren verflogen.

„Dich sollte es auf Rezept geben", sagte er.

„Aber nur für mich", fügte er schnell hinzu.

„Du möchtest dich also bei deinem Traumprinzen für fulminanten Sex bedanken?", fragte Angelos mit frechem Grinsen.

„Ein Kommissar, der ein Sexmonster ist. Was für ein Glückspilz ich doch bin", sagte Alex.

„Beschwerden? Wir können auch nur noch jeden zweiten …?", fragte Angelos.

„Neeeiiin. Bloß nicht", antwortete Alex lachend.

„Und in fünf Minuten haben wir Mitternacht. Dann ist der 3. April. Gefeiert wird heute Abend, aber zur Einstimmung gibt es noch eine Runde. Ein Bonus für *meinen* Traumprinzen", flüsterte Angelos in Alex´ Ohr.

„Auf meinem Grabstein steht einmal ‚totgevögelt'!", sagte Alex.

Die Antwort kam prompt.

„Schöner Tod, oder etwa nicht?"

Am Morgen danach kam Alex mit einiger Verspätung aus den Federn.

„Na, mein Murmeltier. Bereit für den Festtag?", fragte Angelos, der sofort zur Espresso-Maschine ging. Sein Alex brauchte morgens immer einen Dreifachen.

„Ja. Hauptsache deine Überraschung hat nichts mit Wasser oder Höhe zu tun!"

„Würde ich dir das antun an so einem Tag wie heute?", fragte Angelos.

„Nein. War nur ein Scherz. Arbeitest du etwa?"

Angelos nickte.

„Gefeiert wird heute Abend. Jetzt wird noch gearbeitet!"

„Wenn´s denn sein muss", knurrte Alex.

„Schau, Brummbär, wir können keinen Tag Pause einlegen, solange hier junge Leute ausgeweidet werden."

„Hast ja recht. Also. Was hast du und was soll ich machen?"

„Diese Pharma-Firma hat gar keine Produktion. Sie sammeln nur Daten und stellen die den Firmen zur Verfügung. Und der Besitzer ist eine Holding auf Guernsey!"

„Eine Pharma-Firma, die in einem Steuerparadies steht? Da muss was faul sein", sagte Alex.

„Das Weiterlaufenlassen des Programms ist ein Spiel mit dem Feuer. Aber ich sehe auch keine andere Möglichkeit. Soll ich über Thessaloniki Interpol informieren? Viel haben wir nicht. Könnte aber sein, dass so ein Programm noch in vielen anderen Ländern läuft. Kein schöner Gedanke! Was mich stutzig macht: Dimitriadis hätte dies alles auch relativ leicht herausfinden können."

„Der hat nur das Geld gesehen, aber für seine Klinik, nicht für sich. Das glaube ich nicht. Du bist bei ihm nicht objektiv, was ich verstehen kann", antwortete Alex.

19

Miguel Fonte hatte Angst. Anders als Irini begriff er, dass er in etwas hineingeraten war, was nicht gut ausgehen konnte. Zumindest nicht für ihn.

Er hätte sich ohrfeigen können. Sei immer misstrauisch, wenn etwas nichts kostet, hatte seine Mutter ihm als Kind gesagt. Aber er hatte nichts Böses vermutet. Erst in den wenigen Sekunden, bevor das Sulfonamid wirkte, kam ihm der Gedanke, dass … und weg war er.

Nun lag er in dem OP-Saal. Die Lampen kannte er. Miguel hatte schon zwei Operationen hinter sich. Harmlose. Basaliome. Die hatten keinen Einfluss auf die Bewertung von B 412.

Nur: bei den vorangegangenen Operationen war er nicht komplett fixiert worden, schon gar nicht am Kopf.

Die Türe ging auf und drei Personen in grünen Kitteln kamen herein. Und sie waren schlecht gelaunt.

„Nachts um elf. Und dann eine Lunge! Wir sind doch nicht die Universitätsklinik hier!

Und um drei soll die Box am Flughafen sein?
Das ist doch absurd!", sagte einer der grünen
Männer.

„Umso eher sollten wir anfangen", hielt der
andere dagegen.

Plötzlich hörte man ein Tropfen. Miguel hatte
sich eingenässt, als er das Wort „Lunge"
hörte.

„He, der ist ja noch wach. Dann hat er alles
gehört", sagte Grünmann eins.

„Und? Ohne Lunge wird er nicht mehr
sprechen können, oder?"

„Stimmt. Kiefersperre, Schlauch!"

Und B 412 betete nur noch um eines: Heilige
Mutter Maria, lass es wenigstens ohne
Schmerzen geschehen!

20

Doch bevor es zu Feierlichkeiten kam, brummte Angelos´ Handy. Es war Maria, ihre „Kontaktfrau" bei der Polizei.

„Hallo, Schöner! Du, es gab einen Unfall beim ‚Veneti'!" „Veneti" war Mykonos´ beste Konditorei und lag an der Straße Richtung Ano Mera.

„Was haben wir mit einem Unfall zu tun?", fragte Angelos.

„Es ist etwas seltsam. Der eine Unfall-beteiligte, der keine Schuld hatte, ist zu Fuß geflohen. Es ist ein Kleintransporter."

„Eine Fahrerflucht, die keine ist?"

„Ja, aber das seltsame ist die Fracht. Es ist eine einzelne Kiste mit einem Gerät dran. Irgendwas, was aussieht wie ein Barometer. Jonas hat keine Ahnung, was es ist", sagte Maria.

Alex hatte mitgehört.

„Jonas würde nicht mal einen Küchenmixer erkennen. Und ‚Schöner' sage nur ich zu meinem Mann!"

Maria lachte.

„Gut gelaunt und freundlich – wie früher!"

„Wir fahren hin", sagte Angelos.

Das zweite Unfallauto war zwischenzeitlich abtransportiert worden. Der Kleinlaster stand noch immer quer in der Fahrbahn, was den Verkehr komplett zum Erliegen brachte.

„Das ist doch nicht zu fassen", knurrte Alex. „Jonas ist und bleibt ein Trottel."

Und so begrüßte Alex Jonas mit der Standardformel „Verpiss dich".

Angelos fuhr den Wagen auf den Parkplatz. Sie schauten in den Laderaum. Dort stand eine Kiste mit einem Gerät, das an der Kiste befestigt war. Angelos wollte gerade in den Wagen hinein, als Alex sagte:

„Das kannst du dir sparen. Das ist eine Transportkiste für teure Gemälde. Das Gerät ist eine Art Klimaanlage. Gemälde dürfen beim Transport keinen Temperaturen über 18 Grad ausgesetzt werden. Die Frage ist nur, ob wirklich ein Gemälde drin ist!"

Angelos schaute Alex an, als käme er von einem anderen Stein.

„Nein. Die Frage ist, woher du das alles weißt!"

„Godzilla hat am Nationalmuseum in Athen gearbeitet. Bei manchen Transporten und Ausstellungen war ich dabei."

„Godzi..?" Angelos lachte. „Ach, deine Ex-Frau!"

„Tja, die können wir schlecht fragen, nachdem ihr euch beim letzten Mal fast geprügelt habt!"

„Ich hatte Spaß", sagte Alex. „Aber keine Sorge, ich habe damals zwei ihrer Kolleginnen kennengelernt. Eine arbeitet jetzt in Thessaloniki. Die rufe ich an!"

„Und wohin bringen wir die Kiste? Jemand wird sie vermissen."

„Deswegen nehmen wir sie mit ins Gericht oder besser ins Gefängnis. In der Zelle ist es schön kühl und sicher."

„Es gibt Tage, an denen ich mich vor dir verneige, mein alter Mann!", sagte Angelos grinsend.

„Ich bin gerade mal sechs Jahre älter als du!", knurrte Alex, freute sich aber über Angelos' Anerkennung. Nach der Demütigung im Rathaus war sie wie Balsam für die Seele. Auch wenn Angelos wahrscheinlich recht hatte. Es war wohl wirklich ein Racheakt.

„Dann fahre ich jetzt ins Gericht und du rufst in Thessaloniki an!"

Auch Richter Mantzaris war gespannt, was sich in der Kiste befand. Angelos löste die Klammern und stemmte den Deckel auf.
Er holte das „Paket" aus dem Behältnis. Eines war schon klar: es war tatsächlich ein Gemälde. Als sie es aus der Plastik-ummantelung befreit hatten, stellte Angelos es vorsichtig auf den Tisch an der Wand.

„Ich glaub', ich spinne. Das ist ein Tintoretto. Schau auf die Signatur. Der ist Millionen wert. Was macht der auf Mykonos?", fragte Angelos.
„Wichtiger ist die Frage, wer ihn bekommen sollte", antwortete Alex.
„Vor allem, weil er gestohlen wurde. Gib mir mal den Laptop", sagte Angelos.
Fünf Minuten später hielt er das Notebook neben das Bild.
„Das ist es. Das ‚Bildnis von Marcantonio Barbaro', gestohlen im Dezember aus der Nationalgalerie in Bukarest. Die werden sich freuen", sagte Angelos.
„Wohl eher die Versicherung. Aber wer sollte das Bild bekommen? Verkaufen könnte man

es nicht. Also ein Sammler, der es nur besitzen, aber niemandem zeigen wollte."

„Reiche gibt es hier genug. Der Transporter wollte bestimmt nach Kalo Livadi oder Kalafati", stellte Angelos fest.

„Dann schicke ich Interpol man eine E-Mail. Schade, dass der Fahrer auf den Kameras des ‚Veneti' nicht richtig zu sehen war. Und Fingerabdrücke oder DNA haben wir keine, denn laut Zeugen hatte er Hand-schuhe an."

„Steht da was vom Wert des Bildes?", fragte Alex.

„Ja. Ungefähr 15 Millionen Euro", antwortete Angelos.

„15 Millionen? Und die wollt ihr bei mir rumstehen lassen?", fragte Richter Mantzaris entsetzt. „Können wir es nicht nach Athen bringen lassen?"

„Nach 18 Uhr? Und außerdem: ist es in Athen sicherer als hier?", fragte Alex.

„Wohl nicht", knurrte Mantzaris.

„Jeans und kurzes Hemd? Das ist doch nicht dein Ernst", sagte Angelos.

„Du sagst ja nicht, wo es hingeht!"

„Dann wäre es ja keine Überraschung. Anzug, bitte!", lautete die Ansage.

15 Minuten später saßen sie im Auto und fuhren Richtung Paraga.

Was will er da, fragte sich Alex. Hoffentlich geht es nicht ins „Scorpio´s". Ich will diesen Abend nicht unter Menschen und ohrenbetäubendem Lärm verbringen.

Angelos fuhr tatsächlich Richtung Beachclub, aber es war außer ihnen kein Auto unterwegs. Als sie auf den Parkplatz fuhren, stand dort kein einziges Auto. Der Club hat doch sieben Tage geöffnet, dachte Alex. Er sah nur Feuerschalen und in der Mitte einen dekorierten Tisch.

„Erinnerst du dich?", fragte Angelos.

„Machst du Witze? Als ob ich nur eine Minute dieses Tages vergessen könnte."

„Es ist genau die Stelle, an der wir uns kennengelernt hatten", sagte Angelos.

„Ich dich hätte festnehmen sollen, meinst du wohl!"

Und so war es auch. Alex sollte Angelos festnehmen, weil er bei einer Kontrolle wegen erweiterter Pupillen aufgefallen war. Aber statt zum Drogentest nahm Alex Angelos mit zu sich nach Hause – zu einem anderen Test. Schon auf dem Parkplatz hatte er sich unsterblich verliebt.

„Ich muss nur kurz eine SMS verschicken, denn ich habe auch eine Überraschung. So. Fertig."

„Wie hast du Dimitri dazu gebracht, den Club zu schließen? Dem gehen Tausende von Euro durch die Lappen!"

Angelos lächelte.

„Ich habe ihm versprochen, dass es ein Jahr lang keine Drogenkontrolle oder -razzia gibt. Er war hocherfreut."

Alex lachte lauthals.

„Du hast dich den hiesigen Gepflogenheiten angepasst!"

„Ich habe in dem Jahr viel von dir gelernt. Das Essen kommt vom ‚Leto´s'."

„Ich frage jetzt nicht, wie du das hinbekommen hast, dass sie auf einem Parkplatz servieren."

Angelos lächelte.

„Nein. Frage lieber nicht."

„Im Anzug siehst du richtig fesch aus. Nicht diese alte Lederjacke vom letzten Jahr", sagte Angelos grinsend.

„Die hat mein Stilberater ja wegge-schmissen!", antwortete Alex.

„Wenn man den schönsten Mann der Insel bekommt, muss man auch etwas tun"
Alex lachte.

„Auch dafür liebe ich dich. Es gab keinen Tag, an dem du mich nicht zum Lachen gebracht hast. Das kannte ich nicht. Danke!"

„Ich kannte es auch nicht mehr. Das Lachen und der Humor waren verschwunden. Du hast mich zurückverwandelt in den Menschen, der ich einmal war."

„Wenn du mich heute zum Heulen bringen willst, mach nur so weiter!"

„Nein. Aber wann soll ich dir sonst sagen, was sich alles zum Guten gewendet hat, wenn nicht heute? Wann soll ich dir sonst danken?"

„Du musst dich nicht bedanken", sagte Alex leise.

„Eigentlich hast du recht. Schließlich hast du an diesem Tag …"

„ … den schönsten Mann der Insel bekom-men, ich weiß!", ergänzte Alex lachend.

„Und du bist es ja wirklich!"

„Als ob es darauf ankäme. Was mich von Anfang an fasziniert hat, bis heute, ist, dass du in dir selber ruhst. Du zweifelst nicht an dir selber. Du triffst eine Entscheidung und die ziehst du durch", meinte Angelos. „Während ich …"

„Ich habe auch nicht erlebt, was du erleben musstest!"

„Ja", und kurz trübten sich Angelos´ Augen. Die Vergewaltigung in Athen durch drei Männer würde ihn immer verfolgen.

„Aber die Flashbacks werden immer seltener." Das stimmte. Anfangs noch alle zwei Wochen, traten sie jetzt nur noch alle zwei Monate auf.

„Danke, Alex. Für alles. Und jetzt fange ich gleich das Weinen an. Stell dir vor: das schöne Gesicht mit Tränensäcken!"

Schon waren die dunklen Wolken verschwunden.

Plötzlich – und unbeabsichtigt günstig zwischen Haupt- und Nachspeise fuhr ein LKW auf den Parkplatz.

Angelos sah Alex fragend an.

„Glaubst du, nur du kannst mich überraschen? Allerdings musst du noch ein bisschen arbeiten!"

„Was ist denn auf der Ladefläche?", fragte Angelos.

Alex kletterte auf den LKW und hielt sein Geschenk hoch. Angelos lachte lauthals.

„Ein Pfirsichbaum!"

„Genau. Ein Pfirsichbaum für meinen kleinen Pfirsich. Und nicht nur du hast mit Dimitri gesprochen. Er hat einen Quadratmeter vom Beton befreit, einfassen lassen und ein Loch graben lassen. Das ist unser Baum. Und solltest du mich je verlassen, hacke ich ihn in Stücke!"

„Du weißt, dass ich das niemals tun werde."

„Ich weiß nicht mehr viel von dem Erdbeben. Aber ich erinnere mich an zwei Dinge: dass ich Pfirsich gerochen habe und so wusste, dass du da bist. Und dass du gesagt hast, ich müsse wach bleiben, weil …

„ … ich nicht ohne dich könnte", ergänzte Angelos. „Und es stimmt. Du brauchst dir keine Sorgen machen. Nicht mal für Mister Universum würde ich dich verlassen. Abgesehen davon: wer ist schon schöner als ich?"

Alex lachte laut.

„Na, los Schöner! Dann hinein mit dem Baum! Und er riecht tatsächlich wie du!"

Schon in der ersten Nacht stellte Alex fest, dass sein Neuzugang nach Pfirsich roch. Als er Angelos am nächsten Tag fragte, schaute der ihn an, als hätte er nicht alle Tassen im Schrank. Und er benutzt tatsächlich weder ein Parfum, noch eine Lotion, die nach Pfirsich roch. Als Alex schon an sich zweifelte, hörte er eines Tages, wie sich Irini und Maria darüber unterhielten, dass „Alex´ Schöner" nach Pfirsich roch.

„So. Baum gepflanzt, gegossen – jetzt geht´s in die Dünen."
Angelos zog Alex durch den Club hindurch ins Freie. In den Dünen war ein Bereich mit Fackeln abgesteckt.
„Und ein Heizpilz!" Alex lachte.
„Ich weiß doch, wie verfroren mein Prinz ist!"
„Wieso wird unser Sex immer besser? Normalerweise ist es umgekehrt!"
„Weil bei uns zur Geilheit noch eines hinzukommt: Liebe, die immer stärker wird!", flüsterte Angelos, als sie danach platt in den Dünen lagen.
„Und der nächste Feiertag kommt auch bald", antwortete Alex.
Es stimmte.

In vier Wochen, am 03. Mai hatten sie Hochzeitstag. Es ging schnell in jenem Frühjahr des Vorjahres.
Und es gab keinen Tag des Bedauerns.

23

„Guten Morgen, mein Brummbär", sagte Angelos gutgelaunt. Der Brummbär knurrte nur. An der Tatsache, dass Alex morgens zwei Stunden brauchte, um Gehirn und Körper zu aktivieren, hatte sich trotz Angelos nichts geändert.

„Himmel, wie kannst du jetzt schon arbeiten?"

Es war 11.00 Uhr.

Angelos lachte.

„Einer muss ja was tun, wenn sich der andere vom Sex mit einem tollen Mann erholen muss!", lautete Angelos´ Antwort.

Alex verschluckte sich an seinem Espresso und hustete.

„Ich liebe dich auch. Was machst du?"

„Ich habe mit Interpol telefoniert. Es kommt eine Dame aus Brüssel, die in dem Fall ermittelt. Ich habe sie gebeten, dass sie einen Überwachungswagen in Athen über-nimmt. Und für einen Zugriff habe ich mit OPKE gesprochen. Wir können vier Mann für eine Razzia haben, sobald wir wissen, wo!"

„Das gibt einen Fleißpunkt", sagte Alex.

„Aber welche Razzia? Wegen des Gemäldes oder der Organe? Ich bin noch nicht auf der Höhe!"

„Für beides", sagte Angelos grinsend.

„Und sobald du denken kannst, fahren wir zum Flughafen und befragen Katsakis etwas eindringlicher".

Katsakis war der Leiter des Flughafens und eine geistige Energiesparlampe, wie Angelos einmal meinte.

Es wurde zu einem stressigen Tag. Zunächst wollten die beiden Ermittler den Leiter des Flughafens grillen. Die Organe konnten nur über den Airport die Insel verlassen. Denn sie waren nur eine bestimmte Zeit verwendbar, ein Schiffstransport kam daher nicht infrage. Die „Ware" würde verderben.

Der Flughafen war aber kein Drehkreuz. Bei der kleinen Zahl an Flügen müsste ein regelmäßig einfliegender Jet definitiv wahrgenommen werden. Und natürlich müsste es Flugpläne geben – auch wenn die sicherlich gefälscht sein würden.

Doch Alex und Angelos erlebten eine Überraschung. Laut dem Flughafenchef hätte es keine ungewöhnlichen Flugbewegungen gegeben. Die Jets gehörten den Vermögenden, die es auf der Insel zuhauf gab. Der Rest waren Großraumflugzeuge der Fluggesellschaften, Linien- und Charterflüge. Ja, Krankentransporte gäbe es, aber die würden streng kontrolliert seit 09/11. Und überhaupt: die Vermutung, diese angeblichen Flüge fänden in der Nacht statt, sei abwegig. Es gälte ein Nachtflugverbot zwischen 23.30 und 06.00 Uhr. Die Anwohner

in Kalo Livadi – die reichen Villenbesitzer –
hätten dies beim Verkehrsministerium
durchgesetzt.
„Hier geht also nichts raus", sagte Katsakis
selbstgefällig.

Als sie den Flughafen verließen, sagte Alex:
„Ich glaube dem kein Wort. Ich habe einige
Jahre in Ftelia gewohnt. Und da gab es
Flugbewegungen in der Nacht."
„Die gibt es immer noch. An einem Brett hing
der Dienstplan für die Lotsen. Und bei einem
war an zwei Tagen Dienst zwischen 1.00 und
3.00 Uhr eingetragen und das bestimmt nicht
zum Putzen", antwortete Angelos.
„Dann gehen wir gleich wieder zurück!",
schlug Alex vor.
„Nein, Alex. Wir legen eine Nachtschicht ein,
mit dem Überwachungswagen. Der kommt
um fünf aus Athen per Fähre, die Interpol-
Tussi morgen Nachmittag."
„Bitte keine Nachtaktion. Du weißt, dass ich
dann zwei Tage tot bin. Es sei denn …"
„Vergiss es", sagte Angelos lachend.

25

Angelos parkte den Wagen am Straßenrand. Wegen des Platzmangels im Flughafenbereich führte eine Straße direkt am Airport vorbei – mit freiem Blick auf die Landebahn.

„So, jetzt machen wir es uns gemütlich. Ich weiß, wie du Observieren hasst, aber wenn du nach einer Stunde das Fummeln anfängst, hacke ich dir beide Hände ab", meinte Angelos lapidar.

„Du kannst doch auch während dem Sex auf den Bildschirm schauen", brummte Alex.

„Ja, nur sehe ich dann nur Sternchen, du alter Bock!"

„Vielen Dank. Ich darf dich daran erinnern, dass du in drei Monaten 30 wirst. Dann fällst du selbst in die Kategorie", sagte Alex.

Angelos lachte.

„Komm her, mein Traumprinz und setz dich einfach her", sagte er.

„Nun schauen wir mal, wie es mit dem angeblichen Nachtflugverbot aussieht. Spätestens bei Sonnenaufgang sind wir fertig!"

„Toll" knurrte Alex.

Zwei Stunden später waren alle Ansagen hinfällig, denn Alex kniete vor seinem Ehemann und verwöhnte ihn.

„Du bist ein Monster", sagte Angelos und lächelte.

„Möchte der Herr ein Beschwerdeformular?"

Der Sex war gut getimt, denn keine zwei Minuten später sah man die Landelichter einer anfliegenden Maschine. Allerdings wurden diese schnell wieder ausgeschaltet. Sicheres Zeichen dafür, dass etwas nicht koscher war. Durch die Landebahnbeleuchtung konnte man auch ohne Landelichter sicher landen.

Es war ein kleinerer Jet, der lediglich eine Kennung aufwies, sonst aber war kein Schriftzug oder Logo zu sehen. Nach der Landung fuhr der Jet die Bahn entlang und nahm dann eine Parking Position in der Nähe des Towers ein.

„Von wegen Nachtflugverbot", sagte Alex.

„Das gibt´s doch nicht. Der Flughafen gehört den Deutschen, die sind doch sonst so korrekt", brummte Angelos.

„Du glaubst doch nicht, dass in Frankfurt jemand weiß, was Katsakis hier treibt. Das geht bestimmt auf eigene Rechnung", antwortete Alex.

„Jetzt müsste ein Wagen vorfahren und die Leiche und Organe bringen und an den hängen wir uns dran. Den Jet müssen wir abfliegen lassen, sonst wissen sie Bescheid und verlassen die Insel, bevor wir sie kriegen", sagte Angelos.

So zumindest die Hoffnung, die sich aber nicht erfüllte. Denn statt eines Autos oder eines Krankenwagens, fuhr einer der Gepäckzüge des Flughafens zu dem Jet. Es wurde ein kleinerer und ein größerer Gegenstand in das Flugzeug verladen und keine zwei Minuten später rollte der Jet wieder auf die Startbahn.

„Mist", fluchte Alex, stieg aus dem Wagen und rannte zu dem Gepäckzug, der nun wieder am Terminal stand.

Alex erkannte den Fahrer.

„Timon! Was zum Donnerwetter tust du hier mitten in der Nacht?"

„Sonderschicht. Anordnung vom Chef. Hier. 02.00 Uhr Beladen Jet K-LM3, zwei Pakete, Abholung am Tower!"

Timon zeigte Alex den Arbeitsauftrag.

„Und wer hat das Frachtgut abgeliefert?", fragte Alex.

„Keine Ahnung. Ich bin zum Tower gefahren und dort standen die zwei Teile. Was ist denn daran bitte falsch?"

„Du hast nicht gesehen, wie sie abgeladen wurden?"

Timon wurde rot.

„Nein, Alex. Ich habe ein Nickerchen gemacht und mir den Wecker auf 01.50 Uhr gestellt. Aber auf den Kameras müsste der Wagen doch zu sehen sein!"

26

War er aber nicht, denn die Kamera war defekt.

„Es war mein Fehler. Ich habe mich auf das Flugzeug konzentriert. So ein blöder Fehler", sagte Angelos zerknirscht.

„Sag jetzt nicht, der Sex wäre schuld", antwortete Alex.

„Aber nein", sagte Angelos. „Den Bock habe ich geschossen! Wenn ich einen Fehler mache, dann gebe ich es auch zu!"

Das stimmte.

„Dann würde ich vorschlagen, wir schlafen ein paar Stunden und statten dann Katsakis einen Besuch ab!", meinte Alex.

Ein deprimierter Angelos nickte.

Vier Stunden später tobte er. Katsakis hatte sich bei Ankunft der beiden Ermittler in den Tower verzogen und wirkte dort geschäftig.

„Lassen Sie das Theater. Sie sind kein Flug-lotse und die drei Flieger, die in den nächsten zwei Stunden kommen, schaffen die Lotsen selber."

Angelos packte Katsakis grob am Arm und zog ihn zur Seite.

„Von wegen Nachtflugverbot. Ich frage mich, was Ihr Arbeitgeber in Frankfurt dazu sagt, wenn er erfährt, dass Sie schwarz Landegebühren kassieren für Nachtflüge. Und ich wette, es gibt auch keine Flugpläne. Das wäre dann ein Gesetzesverstoß und ein gefährlicher Eingriff in den Flugverkehr. Job weg, Gefängnis, super Aussichten. Sie haben eine Minute!"

Katsakis setzte sich auf einen Bürostuhl. Er erkannte, wann er verloren hatte.

Er seufzte.

Bei mir war ein Mann, der sich als Bulgare ausgab, aber das war er sicher nicht, er hatte einen Akzent. Ich spreche Bulgarisch."

Aufgrund der gemeinsamen Geschichte (und der Kriege) keine Seltenheit in Griechenland.

„Er meinte, ich müsste zweimal im Monat einen Nachtflug genehmigen. Ohne Flug-plan natürlich. Pro Flug gäbe es 30.000 Euro. Eine Menge Geld."

Das hilft uns ja sehr weiter, dachte Alex.

„Und lassen Sie mich raten. An diesen Tagen wurden die Kameras an der Zufahrt abgeschaltet", sagte Angelos.

Zerknirscht nickte Katsakis.

„Und der Gepäckwagen-Fahrer?"

„Der weiß nichts. Er hat nur von mir Geld genommen!"

Also wäre auch da nichts zu erfahren.

„Was machen wir mit ihm?", fragte Alex.

„Ohne die Flüge kein Organtransport. Ohne Transport keine Morde. Er ist das wichtigste Glied in der Kette. Auch wenn er von den Morden nichts wusste – es ist Beihilfe zum Mord. Und außerdem sollte an so einer Stelle niemand sitzen, der korrupt ist. Heute lässt er Kriminelle durch, morgen winkt er Terroristen durch aufs Flugfeld. Wenn du einverstanden bist, würde ich sagen: Festnehmen!"

Alex nickte.

Und so wanderte der Flughafendirektor in die Zelle. Neben der mit dem Tintoretto.

27

Nur wenige hundert Meter entfernt, tobte
Florin Dimitrescu.

Lässt sich dieser Idiot Pjotr in einen Unfall
verwickeln. Dass er kein Schuld trug,
interessierte Dimitrescu nicht. Der Tintoretto
war weg. Und der Käufer würde heute
Abend bei ihm auf der Matte stehen.
Ohne, dass er etwas bekommen würde.
Damit war auch klar, dass er, Dimitrescu, kein
Geld bekommen würde.

Zum Teufel mit Pjotr!

Es war Bukarest, das das Dreiecksgeschäft
angeleiert hatte. Ging es anfangs nur um
den Organhandel, kamen sie später
auf die Idee, den „Leerraum" mit Drogen zu
füllen. Als Bezahlung für Dimitrescu war keine
Barzahlung geplant, denn Geldflüsse waren
leicht aufzuspüren. Noch dazu verliert man
beim Waschen des Geldes bis zu 30%.

So erhielt er den Zusatzauftrag, ein wertvolles
Gemälde entgegenzunehmen und es an
einen Käufer auf der Insel weiterzuleiten.
Dieser sollte bar bezahlen und Dimitrescu
dürfte 30% behalten. Für alle erbrachten
Leistungen.

Dass das Gemälde nur verlorengegangen war, hieß: keine Bezahlung.

Wohin hatten die zwei Bullen das Bild gebracht? Er musste es unbedingt wieder beschaffen, sonst hätte er Probleme mit zwei Seiten: dem Käufer und Bukarest.

Eine Loose-Loose-Situation.

Außer, er würde das Gemälde wiederbeschaffen. Ein sicheres Museum gab es nicht. Die Tresore der Banken? Nicht sicher genug. Er hatte erfahren, dass die Herren Nikakis ihr Geld doch tatsächlich im Keller aufbewahrten.

Vielleicht hatten sie das Bild auch im Keller? Es wäre zumindest einen Versuch wert, wenn beide außer Haus waren. Und sie waren bekanntlich immer zusammen. Schwuchteln halt, dachte Dimitrescu.

Immerhin war der Fahrer so schlau gewesen, den Unfallort sofort zu verlassen. Hätte man ihn erwischt, er hätte sicher geplaudert. So hatten sie zwar das Bild, aber keine persönliche Spur. Wenigstens etwas.

Als wäre die alles nicht genug, hatte er noch ein Problem am Hals: Bukarest hatte ihn angerufen und mitgeteilt, dass in der letzten Woche nur Fehlanzeigen von der Klinik gemeldet wurden. Keiner der Probanden war zur Entnahme geeignet. Bei jedem gab es irgendeinen Wert, der nicht stimmt. Man sagte ihm mit Bestimmtheit, er solle das überprüfen und gegebenenfalls den Chefarzt „befragen". Bei Worten sollte es nicht bleiben, gab man ihm zu verstehen.

Aber alles der Reihe nach.

Erst das Bild. Dann der Käufer. Das Geld. Also musste man den Herren Ermittlern einen Besuch abstatten. Und da nur Vollidioten nachts einbrechen, würde man es tagsüber machen. Die Herren Ermittler sind unterwegs, Alarmanlagen sind über Tag oft abgeschaltet und würde ein Nachbar misstrauisch werden, so wären sie einfach Handwerker, die etwas zu richten hatten. Das war in Ornos nicht auffällig, denn bei dem Erdbeben hatte es das kleine Dorf besonders getroffen.

Günstige Voraussetzungen also.

28

Es lohnte sich nicht, nach Hause zu fahren, denn in 45 Minuten würde die Ryan-Air-Maschine aus Athen landen. Wenn sie denn pünktlich in Athen gestartet war (was selten der Fall ist) und der Pilot sich nicht verflog (was bei usbekischen Piloten mitunter vorkam).

Aber es ereignete sich ein Wunder: die Maschine landete pünktlich.

„Kaum ist der Direktor im Knast, läuft der Flugbetrieb", sagte Angelos und grinste.

Frauen in leitender Polizeifunktion sind leicht zu erkennen: Hosenanzug gedeckt, schwarz oder dunkelblau, Haare entweder kurz oder zum Zopf gebunden. Und diesem Klischee entsprach Florence Rodin perfekt, aber sie war – wie Alex zugeben musste – hübsch. Und er bemerkte das kurze Funkeln in ihren Augen, als sie Angelos begrüßte.

Sie verließen den Flughafen und Angelos sagte leise:

„Ich kann auch nichts dafür. Aber bitte brems´ dich! Ein weiblicher Körper hat für mich den sexuellen Reiz einer Schweinehälfte!"

Alex grinste. Zurückhalten. Nicht patzig werden. Sie ist nicht Godzilla. Nein, sie schien sogar ganz nett zu sein.

Sie wurde deutlich attraktiver, als sie ihnen schon während der Fahrt zu der Belohnung gratulierte, die den Herren Nikakis zustand. Als Kommissar hätten sie keinen Cent bekommen, aber Privatdetektive durften kassieren. Zwar hatte eigentlich die Polizei die Kiste entdeckt, aber Jonas Geld geben? Nie im Leben. Maria würde etwas bekommen, beschloss Alex.

„Über wieviel reden wir da?", fragte er.

„Ich glaube, es sind 200.000 Euro ausgesetzt", antwortete Florence.

„Ich liebe meinen Job", meinte Angelos lächelnd. Das Geld würde ihnen in den Schoß fallen, ohne dass sie dafür groß etwas hatten tun müssen.

„Sie wollen sicher zuerst ins Gefängnis", sagte Alex.

„Wie bitte?", fragte Florence verwirrt.

„Das Gemälde ist im Gefängnis. Sicher und kühl!"

„Na, dann. Ins Gefängnis!"

Sie gingen hinunter in den Keller des Gerichts.

„Keine Bewachung?", fragte sie irritiert.

„Wir sind hier nicht in Brüssel. Wir sind zu zweit. Und je weniger davon wissen, desto besser. Wer vermutet das Bild denn hier? Und wer bricht in ein Gefängnis ein?", knurrte Alex.

„Ihr Kollege ist aber gereizt", sagte sie zu Angelos.

Und gleich wird er noch gereizter, dachte Alex.

„Ist nicht mein Kollege, sondern mein Ehemann", antwortete Angelos. Alex genoss die zwei Sekunden, in denen Madame Rodin sämtliche Gesichtszüge entgleisten.

„Oh", gefolgt von einem leisen „Schade".

Alex öffnete die Zellentüre. Und da stand es: Das Bildnis von Marcantonio Barbaro von Tintoretto.

Madame Rodin war sichtlich begeistert.

„Was für ein Meisterwerk", sagte sie.

„In Bukarest und München wird man jubeln!"

„Wieso in München?"

„Dort sitzt die Versicherung", sagte sie grinsend.

„Gibt es eine Chance, hier den Dieb zu fassen?"

„Nein. Zu fassen bekommen wir im besten Falle den Zwischenhändler, den potentiellen Käufer eher nicht. Zumal er bisher nichts

Verbotenes getan hat, außer er ist im Besitz anderer gestohlener Bilder", sagte Angelos. „Das Wichtigste ist mir das Bild. Wenn es Verbindungen vom Zwischenhändler zum Dieb gibt, wäre es nett, wenn Sie mich verständigen", meinte Florence Rodin.

„Wir haben nur im Moment zwei Mordfälle an der Backe und die ...", setzte Alex an.

„ ... haben Priorität, natürlich! Dann gehe ich jetzt nach oben und telefoniere wegen des Transportes. Ich denke, es wird mindestens morgen Mittag, bis es abgeholt wird."

„Hier ist es jedenfalls sicher", knurrte Alex. Seine Laune sank, als er Angelos sagen hörte:

„Wir laden Sie noch auf einen Kaffee bei uns ein und dann bringen wir Sie ins Hotel!"

Als Florence nach oben ging, sagte Alex:
„Ist das wirklich nötig?"

„Es ist höflich, Herr Nikakis!", antwortete Angelos.

„Ich durchschaue dich. Du möchtest nur noch ein bisschen angehimmelt werden", brummte Alex.

Er erntete ein breites Grinsen.

„Was ist daran verkehrt?"

29

Warum glauben manche Frauen, man könne schwule Männer bekehren oder umdrehen, dachte Alex.

Florence bekam bei ihnen zuhause die Klappe nicht zu. Ein klassisches, plapperndes Frauenzimmer.

Das alles wäre ja noch zu ertragen, wenn sie nicht die ganze Zeit Angelos angesehen hätte, als wäre er – entsprechend seines Namens – vom Himmel gefallen.

In Alex rumorte es, obwohl keine akute Gefahr bestand. Aber wenn sie in zehn Minuten nicht draußen ist, erschieße ich sie einfach, dachte Alex.

Dann kam der Zufall zum Tragen.

Etwa zehn Sekunden herrschte Stille und just in der Zeit hörte man, wie sich jemand an der Türe zu schaffen machte.

„Runter" flüsterte Angelos.

Als erstes sah man eine Beretta, die den Raum „betrat". Anfänger, dachte Alex.

Angelos schoss dem Einbrecher in die Hand. Es folgte ein Schrei und die Waffe fiel zu Boden. Man hörte ein Rufen und dann quietschende Reifen. Toller Komplize, dachte Angelos.

„Wir brauchen einen Arzt", sagte Florence.
„Ach was. Leichte Prellung an der Hand",
sagte Alex. Eine Untertreibung, denn es war
ein veritables Loch in des Einbrechers Hand.
Und Schmerzen hatte er.
„Wer schickt dich? Und was wolltest du
hier?", fragte Alex.
Als nach fünf Sekunden noch keine Antwort
kam, stieg Angelos dem Herrn auf die
verletzte Hand und den Schrei hatte man
sicher bis zum Strand gehört.
„Mach den Fernseher an!", befahl Angelos.
„Und zwar laut!"
Derweil holte er aus dem Keller eine Flasche
Bremsflüssigkeit. Auf offenen Wunden ein
probates Mittel, um Schmerzen zu verstärken.
Jetzt übertönte MTV das Geschrei.
„Das geht doch nicht", protestierte Florence.
Klappe, Männersache!, dachte Alex.
„Der Mann hat doch Rechte!". Wieder
Florence.
„Vielleicht wollte oder will er Sie
erschießen?", fragte Angelos. „Also."
Er stieg nochmals auf die Hand und das
Opfer machte einen Fehler und sagte
„Rahat!".
„Was hat er gesagt?", fragte Alex.
„Scheiße", antwortete Angelos.

„Der freundliche Herr ist Rumäne. Wir danken!"

Sie fesselten ihn mit Tape.

„Was wollte er? Uns? Das Bild?", fragte Alex. Florence hielt er als Ziel für wenig wertvoll.

„Ich denke das Bild!", vermutete Angelos.

„Aber wir dürfen ihn nicht springen lassen, sonst gerät mein Plan in Gefahr."

Plan? Schon schrillten bei Alex sämtliche Alarmglocken. Entweder würde wieder auf ihn oder Angelos geschossen. Mit offenem Ausgang. Andere Pläne kannte Angelos nicht.

„Bitte nicht wieder ein Selbstmord-kommando", knurrte Alex.

„Ich lebe doch noch, oder?"

Angelos lächelte.

Es war der Thrill. Er brauchte ihn. Und er wollte den Fall klären.

Und Alex würde leiden.

30

„NEIN, NEIN UND NOCHMALS NEIN.
Das ist ein vollkommen hirnrissiger und selbstmörderischer Plan. Und ich kann nicht glauben, dass du mir das zumuten willst", schrie Alex.
„Nun beruhigen Sie sich doch, Alex", sagte der Bürgermeister.
„Sie machen mir Spaß! Sie verlieren ja nicht Ihren Partner!"
„Ich habe meine Tochter verloren, schon vergessen?"
Autsch.
„Sein Tod macht Ihre Tochter nicht wieder lebendig!"
Zehn Minuten vorher begann das Gespräch noch ganz friedlich.
„Danke, dass ihr gekommen seid. Ich wollte hören, was ihr bisher herausgefunden habt!"
Der Bürgermeister sah noch immer aus wie eine wandelnde Leiche. Blass, aschfahl.
„Ihre Tochter wurde Opfer von Organhändlern. Eigentlich hatten sie es auf einzelne Touristen abgesehen, weil die in der Regel nicht schnell vermisst werden und die Identifizierung der Leichen extrem lange

dauert. Durch Zufall hat man Ihre Tochter ausgewählt, weil sie bei diesem Gesundheits-Check mitgemacht hatte. Sie wollte wohl die Hundert Euro."

„Meine Tochter hat wegen 100 Euro ihr Leben verloren?"

„Leider ja", antwortete Alex.

„Und die Klinik war oder ist daran beteiligt?"

„Aber ohne zu wissen, worum es geht. Dimitriadis hat wohl nur das Geld gesehen."

Man konnte sehen, wie sich der Hass in Christeas Gehirn breit machte.

„Man hat also Organe entnommen, die Hohlräume mit Drogen ausgefüllt und alles über den Flughafen von der Insel geschafft. Samt der Leichen."

„Ja. Außer Irini. Man hat sie ins Meer geworfen, aber die Strömung nicht berücksichtigt. Auf die Idee mit den Drogen kam man erst nach ihr", sagte Angelos.

„Und der Flughafen steckt auch mit drin?"

„Katsakis? Ja. Er wusste zwar, dass etwas Kriminelles im Gang war, aber er hat kassiert und nicht nachgefragt. Deswegen sitzt er auch im Gefängnis. Aber für eine Beihilfe zum Mord wird es leider nicht reichen", ergänzte er.

„Und wer steckt dahinter?"

„Der Einbrecher bei uns war Rumäne. Also überprüfen wir alle Rumänen auf der Insel, aber ...", begann Alex.

„ ... da gibt es Hunderte und außerdem haben die sicherlich falsche Papiere."

„Und die Drogen?", fragte der Bürgermeister.

„Wenn wir die Lieferkette unterbrechen, bricht das System erstmal zusammen. Noch aber lassen wir es laufen", sagte Angelos.

„Moment Mal. Das Ganze läuft noch? Seid ihr wahnsinnig? Sollen noch mehr sterben?"

„Dann würden die Täter verschwinden. Die Mörder Ihrer Tochter", entgegnete Angelos.

„Die Morde konnten wir erstmal stoppen, weil die Klinik falsche Daten liefert. Aber Täter und Tatort finden wir nur, wenn wir einen Lock-vogel einsetzen!"

Lockvogel? Es dauerte keine fünf Sekunden, bis Alex begriff – mit dem schon bekannten Ergebnis.

„Kommt nicht infrage. Du hast sie wohl nicht alle? Ich musste dich schon zwei Mal retten. Und in beiden Fällen ging es nur um Sekunden!"

„Hast du eine andere Idee, Alex?", fragte Angelos.

Alex brummte.

Angelos erklärte seinen Plan.

„Das ist ein hohes Risiko", sagte der Bürgermeister.

„Das ist Selbstmord", knurrte Alex. „Aber du
machst ja ohnehin, was du willst."

„Das ist jetzt nicht fair. Ich versuche, meinen
Job zu machen!"

„Oh ja. Aber dabei nie an den Partner
denken!"

Alex bekam sich nicht mehr in den Griff.
Wütend und stinksauer stand er auf und
stürmte aus dem Zimmer.

„Er hat Angst um Sie", meinte der
Bürgermeister. „Nicht ganz abwegig!"

„Nein. Aber ich bringe ihn schon zur
Vernunft", antwortete Angelos.

„Sie brauchen sicher Unterstützung", stellte
Christeas fest.

„Das Equipment haben wir schon. Für die
Razzia brauche ich aber vier Mann. Und am
Flughafen sollte sich ein Hubschrauber
bereithalten. Für den Fall, dass …"

„Bringen Sie die Mörder meiner Tochter zur
Strecke!"

31

„Jetzt beruhige dich doch bitte!", sagte Angelos.

Sie saßen im Café da Vinci. Wegen der Lautstärke der Auseinandersetzung begannen die anderen Gäste schon, sich umzudrehen.

„Beruhigen? Ich werde zum Witwer. Hast du daran auch nur eine Sekunde gedacht?"

Jetzt wurde auch Angelos sauer.

„Du meinst im Ernst, du wärst mir egal? Dann tust du mir leid. Du weißt genau, dass dem nicht so ist. Aber siehst du eine andere Möglichkeit?"

Alex knurrte und schüttelte den Kopf.

„Müssen wir immer zuerst an andere denken? Wie wäre es mit ein bisschen Egoismus?"

„Alex, sollen noch mehr junge Menschen sterben?"

„Ja. Und ich meine das im Ernst. Denn ich bin hinterher alleine. Die Geretteten können zu ihren Familien zurück. Ich sehe nicht ein, dass immer ich das Risiko trage. Du bist dann tot. Dich kümmert das nicht mehr! Der Orden für dich, das Elend für mich!"

Alex war wieder laut geworden.

„Danke für dein Vertrauen in meine Fähigkeiten", hielt Angelos dagegen.

„Das hat doch damit nichts zu tun! Es kann so viel schieflaufen, was dann auch der beste Polizist nicht in den Griff bekommt. Ich habe das schon zwei Mal mitgemacht. Ich brauche es nicht nochmal."

„Ich bin doch nicht alleine. Du bist da und vier weitere Beamte!" Angelos versuchte es noch einmal.

„Und wenn du hundert Mann hättest. Zehn Sekunden zu spät – und du bist trotzdem tot." Angelos legte den Arm um Alex.

„Ich brauche dich dafür. Wenn du in Ruhe darüber nachgedacht hast, wirst du zum selben Ergebnis wie ich. Es muss sein. Ich verspreche dir, kein unnötiges Risiko einzugehen. Sterben möchte ich nun auch nicht. Und ich liebe es, wenn du wütend bist, mein kleiner Vulkan!"

„Der Vulkan steht kurz vor dem finalen Ausbruch", knurrte Alex, aber er wusste: Er hatte keine Wahl.

32

„Sag deinem Mann, dass er jetzt endgültig abgehoben ist. Er ist nicht Gott", raunzte Dimitriadis.

Am Morgen waren Alex und Angelos zur Klinik gefahren, um die Details des Plans zu besprechen.

Alex hatte seinen Widerstand aufgegeben. Angelos wusste, welche Knöpfe er drücken musste. Und Zärtlichkeit und Sex standen auf den Klingelknöpfen ganz oben.

„Ich protestiere. Das ist nicht fair", sagte Alex in der Nacht zuvor.

Nun saßen sie im Büro des Chefarztes.

„Für mich ist er Gott. Deswegen bin ich ja dagegen", antwortete Alex.

„Du *warst* dagegen", korrigierte Angelos. Alex knurrte nur.

„Also noch einmal: die letzten Tage haben Sie nur untaugliche Kandidaten gemeldet. Jetzt melden Sie einen Kandidaten mit der Bestnote. Als Adresse geben Sie das ‚Elysium' an. Und dann hoffen wir einfach, dass man mich abholt", sagte Angelos.

„Ich hoffe es nicht, damit es klar ist. Was ist, wenn sie dich kennen? Du bist hier bekannt wie ein bunter Hund!", hielt Alex erneut dagegen.

„Das haben wir doch alles schon durch-gekaut. Die sind alle nicht von hier. Wahrscheinlich alles Rumänen. Also. Die Haare etwas kürzer, Touristenkleidung."

Die Haare kürzer?

„Ich will aber keinen Skinhead als Mann!"

Angelos lachte.

„Zu deiner Beruhigung: Haare wachsen wieder! Du kennst das von deinen Ohren!"

„Dein Gott ist ganz schön frech!", sagte Dimitriadis.

„Ohne Leber vergeht ihm schon noch das Lachen", antwortete Alex.

„Ich liebe dich auch", meinte Angelos, küsste Alex auf die Backe und knabberte an dessen Ohr.

Dimitriadis lachte.

„Wie wäre es mit einer Leine, Alex?"

Klappe, Arschloch.

33

Die vier Männer des Einsatzkommandos der OPKE, trafen am Nachmittag ein. Zwei davon kannten Angelos und Alex von vorherigen Einsätzen.

„Ah, der Kommissar, der nach Pfirsich riecht", sagte einer. „Hallo, Angelos, hallo Alex!" Namen fielen sonst nicht, außer man hält „Alpha eins" für eine normale Anrede.

„Haben wir dieses Mal wieder das zweifelhafte Vergnügen, dich nackt irgendwo aufzufinden?", fragte Alpha eins.

„Mit Sicherheit. Denn ich werde auf einem OP-Tisch liegen."

Als Angelos seinen Plan erläutert hatte, blickte er in verstörte Gesichter.

„Sie schauen genauso entsetzt wie ich, als ich es hörte. Versuchen Sie, es ihm auszureden", sagte Alex.

„Du bist verrückt. Du bist unter Vollnarkose, kannst nicht agieren. Uns nicht beim Zugriff unterstützen", sagte Alpha eins.

„Keine Sorge. Ich habe Alex!"

„Ach so. Die Kraft der Liebe bremst Skalpelle und Kugeln", meinte Alpha zwo spöttisch.

„Ja. Kann sie. Sie gibt einem die Kraft, den anderen, der verletzt ist, acht Kilometer auf einer Matratze zum Flughafen zu ziehen." Einerseits freute sich Alex über Angelos' Satz, aber er verstand auch den dezenten Hinweis darauf, dass er ohne Angelos beim Erdbeben gestorben wäre.

„Alles schön und gut, aber du kannst kein Zeichen von dir geben, wann wir zugreifen sollen. Wie sollen wir das von außen beurteilen können? Kommen wir zu früh, passiert nichts und wir haben nichts in der Hand. Kommen wir zu spät … nun, ja …", widersprach Alpha zwo.

„Du hast keine Kommunikationsmöglichkeit! Du liegst nackt auf dem Tisch, wo solltest du einen Sender tragen?" Nach einer kleinen Pause folgte ein „Oh, nein!"

„Oh doch", sagte Angelos grinsend.

„Das ist verrückt, Angelos. Kein Mensch weiß, ob ein Sender im Rektum funktioniert!", antwortete Alex.

„Und genau deswegen testen wir das jetzt. Her mit dem Ding! Alex, wir gehen nach oben!"

Alle Alphas schauten entgeistert. Dass die zwei schwulen Kommissare andere, unorthodoxe Wege gingen, wussten sie ja schon ...

„Ich hoffe, ich muss mir kein Gefurze anhören", sagte Alpha eins.

„Hab ich gehört", rief Angelos von der Treppe.

„Machen die nicht vorher einen Einlauf?", gab Alex zu bedenken.

„Nicht zwangsläufig! Gut, wir machen jetzt den Test. Wir sind in einer halben Stunde wieder da", sagte Angelos.

„Eine halbe Stunde? Muss man den Eingang freischaufeln?", fragte Alpha zwo.

„Nein. Aber wenn man schon in der Gegend unterwegs ist..." Angelos grinste.

„Danke. Mehr wollen wir nicht wissen!"

35 Minuten später saßen alle wieder rund um den Küchentisch.

„Alex und ich gehen jetzt vor die Türe. Und ihr überprüft, ob man etwas versteht!"

Und tatsächlich hörte man über den Sender eine Unterhaltung, wenn auch sehr gedämpft und verzerrt.

„Na, geht doch", sagte Angelos.

„Aber nur, wenn dein Mann den Sender heute Nacht nicht weiter hineinstößt", antwortete Alpha zwo unter schallendem Gelächter.

„Keine Sorge. Für heute Nacht gilt Sexverbot!", sagte Angelos.

„Großer, wenn die mit Gewalt einen Einlauf machen, weil sie den Sender entdeckt haben, ist das nichts anderes als eine Vergewaltigung. Hast du daran schon mal gedacht?", knurrte Alex.

Angelos schaute irritiert.

Aha. An diesen Aspekt hatte er nicht gedacht. Es würde wieder zu Flashbacks kommen. Mühsam hatte man sie im letzten Jahr zurückgedrängt und geglaubt, die Dämonen besiegt zu haben.

Aber es war an diesem Punkt schon zu spät.

34

Florin Dimitrescu war erleichtert.
Dieser schreckliche Tag hatte doch noch eine positive Wendung genommen. Vor einer Stunde hatte er ihn noch verflucht.
Bukarest hatte angerufen und sich darüber gewundert, dass es angeblich keine passenden Spender mehr gäbe. Seit zehn Tagen nur Nieten. Da könne etwas nicht stimmen, hieß es. Und er solle dem nachgehen.
Was hieß, den Chef der Klinik „besuchen" und dafür zu sorgen, dass die Flaute ein Ende nahm, was immer auch die Ursache war.
Dimitrescu war dies alles andere als recht, denn damit würde er zum Gesicht der Herren aus Bukarest werden. Er würde auf dem Radar erscheinen. Einen seiner Leute konnte er nicht schicken. Die waren schlicht zu dumm und daher zu brutal.
Einen Mann hatte er bereits verloren. Der Idiot, der sich beim Einbruch hatte erwischen lassen. Nun, keinen Finger würde er für ihn rühren. Und falls der Mann reden sollte, wäre dies sein Ende.
Wenigstens konnte der andere knapp entkommen.

Das Entscheidende aber war: das Bild hatte
Dimitrescu noch immer nicht. Und ohne
Gemälde keine Bezahlung.

Wo zum Teufel war es? Seine Kontakte beim
Flughafen und Hafen meldeten Fehlanzeige.
Aber er würde es schon noch finden.

Er schaute auf den Ausdruck des Probanden.
Er erreichte 106 Punkte, die bisher höchste
Zahl. Hieß: Hervorragender Spender.

Gott sei Dank war es ein Tourist, der im
‚Elysium' wohnte. Eine Schwuchtel also.
Kein Verlust für die Menschheit.

Er griff zum Handy.

„Ilja? Einsatz vorbereiten. Heute 22.00 Uhr.
Und verständige das OP-Team!"

Der Jet aus Bukarest würde diesmal erst um
vier Uhr kommen. Irgendeine Sperrung im
Luftraum.

Gut so. Dann wären sie nicht unter Zeitdruck.
Der andere Druck reichte auch so schon.

35

Zur gleichen Zeit bezog Angelos sein Zimmer im ‚Elysium', gekleidet als Tourist, natürlich mit Koffer und Badges daran. Er war Giuseppe Monte aus Milano. Und bereit für eine Entführung. Vor 21 Uhr rechnete er nicht damit. Noch mindestens drei Stunden, eine Ewigkeit.
Drei Stunden, in denen man grübeln konnte. Alex hatte nicht unrecht. Den Punkt „Gewaltsame Entfernung des Senders" hatte er nicht bedacht. Die Bilder aus dem Folterhaus kehrten zurück. Es hatten damals vielleicht zehn Sekunden gefehlt und er wäre mit einem Holzstück vergewaltigt worden. An dem Rasierklingen befestigt waren.
Nun, vielleicht würden sie gar nicht anbeißen, nur dann bliebe die Frage, wie sie an die Täter herankommen sollten.
Auch Alex hatte keinen Alternativvorschlag parat gehabt. Dann gab es auch keinen. Nun würde er warten müssen.

Zwei öde Stunden später sah er ein Kuvert unter der Türe. Eine Minute vorher lag dort noch nichts. Doch der „Postbote" würde gar nichts wissen. Irgendein Junge, dem man 50 Euro in die Hand gedrückt hatte.

Angelos bückte sich und hob das Kuvert auf. Es war die erhoffte Einladung. Kostenloser Transfer, Gratis-Eintritt – die ideale Falle für klamme Jungtouristen. Leider traf es zufällig auch Irini. Armes Mädchen.

Angelos begab sich ins Badezimmer. Herrichten für den Party-Abend. So wie es ein Tourist auch machen würde. Die Haare und die andere Kleidung ließ ihn tatsächlich jünger aussehen. Obwohl dies nicht von entscheidender Bedeutung war. Letztlich entschied der Punktwert. Seine überragend guten Blut- und Körperwerte. Natürlich hatte Dimitriadis sie manipuliert. Tatsächlich hatte Angelos zu hohe Hämoglobin- und Zuckerwerte. Aber das wusste sonst niemand.

„Achtung. Gleich rauscht´s. Ich muss pinkeln", sagte er zu seinem Hintern.

„Danke für die Vorwarnung", kam die Antwort von Alpha zwo über den Knopf im Ohr. Dann knackte es und er hörte Alex: „Großer, bitte pass auf und breche es ab, wenn etwas schiefläuft. Ich liebe dich!"

Alex´ Stimme wackelte. Er hatte Angst.

Mein Alex, dachte Angelos. Kurz war er versucht, alles abzubrechen. Aber die Angst würde seine Sinne schärfen.

Das Telefon im Zimmer läutete.

„Ihr Bus wäre da", sagte der Mann von der Reception. Er hatte Angelos natürlich erkannt und war von ihm dazu verdonnert worden, unter allen Umständen zu schweigen.

Siedend heiß fiel Angelos ein, dass auch der Busfahrer ein Einheimischer sein könnte. Wohl eher nicht, denn die Opfer wurden sicher im Bus betäubt und das käme einem Fahrer von der Insel verdächtig vor.

Gut, würde er ihn erkennen – oder umgekehrt, müsste abgebrochen werden.

Wie schon bei Irini, war der Fahrer freundlich, wies Angelos auf den kostenlosen Cocktail im Dosenhalter hin und fuhr auch sofort los. Und wie Irini fragte Angelos:

„Wieso sind nicht mehr im Bus?", und bekam die gleiche Antwort:

„Das werden schon noch mehr. Ist ja auch noch früh!"

Mehr als Einen schafft ihr pro Nacht nicht, dachte Angelos.

Er öffnete die Dose und roch daran. Er ließ den Inhalt auf den Sitz daneben laufen, tat aber danach so, als trinke er.
Der Busfahrer lächelte, als er in den Rückspiegel schaute.

36

In dem Moment, in dem der Bus losfuhr, griff keine 100 Meter entfernt eine Person zum Handy.

Der Mann hatte lange mit sich gerungen. Und war zu dem Ergebnis gekommen, dass er nicht ungeschoren davonkäme. Vor allem dann, wenn die beiden Schnüffler der Spur des Kokains nachgehen würden. Und gründlich waren sie, das musste man ihnen lassen. Vor allem dieser arrogante Bastard Angelos. Weiß alles besser und hatte dann auch noch meist recht.

Es blieb dem Mann nichts anderes übrig.

„Hallo? Rubin für Saphir!"

Der Mann musste trotz der angespannten Lage grinsen. Codenamen wie im Agentenfilm. Natürlich besser als die Klarnamen, vor allem, wenn man abgehört wurde. Helfen würde es denen nichts, denn es waren natürlich Einweghandys mit wechselnden SIM-Karten.

„Hallo?"

„Rubin. Euer heutiger Klient heißt Angelos Nikakis und ist ein Bulle. Es ist eine Falle!"

„Gut zu wissen", antwortete die Stimme und drückte das Gespräch weg.

Dimitrescu grinste. Das Haus war eine Festung und dem Bullen könnte man sicher den Lagerort des Gemäldes entlocken. Mit ein paar Schnitten an den richtigen Stellen.
Er würde reden, dessen war sich Dimitrescu sicher. Danach ausnehmen und den Rest in eine Kiste, fertig. Und bevor sie sich mit dem Bild aus dem Staub machen würde, müsste er noch Rubin mit über den Jordan schicken.

37

Angelos tat so, als würde er schlafen. Das ging aber schnell, dachte der Busfahrer. Alle zehn Sekunden schaute Angelos aus dem Fenster und stellte fest, dass sie eine große Schleife gefahren waren.

Als der Bus eine holprige Straße erreichte, wurde es laut genug, dass er „Tagoo Nord" sagen konnte. Er hoffte, dass es laut genug war. Den Knopf im Ohr hatte er im Hotel lassen müssen, denn die Täter hätten ihn gefunden.

Und tatsächlich hielt der Bus vor einem großen Anwesen in Tagoo. Eine genauere Lage konnte er nicht durchgeben – von jetzt an musste er ohnmächtig sein und sich damit jede Möglichkeit der Reaktion nehmen. Aber es war seine freie Entscheidung.

Der Sender in ihm würde das Team zum Ziel führen. Und er hoffte, dass auch Gespräche oder Stimmen immer noch übertragen wurden.

Er hörte, wie die Seitentüre geöffnet wurde. Dann zogen ihn vier Arme am Oberkörper und den Beinen aus dem Wagen.

Anschließend schmiss man ihn offensichtlich auf eine Bahre.

Kurzzeitig bekam Angelos Panik, als man ihn fixierte. Es waren definitiv mehr Gurte als üblich und vor allem mehr, als er erwartet hatte. An einen Abbruch von seiner Seite aus war nicht mehr zu denken.

Im Übertragungswagen saß Alex und zitterte. Hoffentlich legt sich das, hoffte er. Sonst wäre er bei einem Schusswechsel ein Totalausfall. Der beste Schütze war er ohnehin nicht. Beruhige dich. So kannst du ihm nicht helfen, sagte er zu sich selbst.

Der Sender funktionierte und sie kannten das Ziel: Tagoo. Nur, Tagoo war kein richtiger Ort, kein Dorf, sondern eher eine Ansammlung loser Bauten, die sich auf einer großen Fläche nördlich der Altstadt ausdehnten. Doch der Sender half ihnen und führte sie zu dem Haus.

Ausgerechnet dieser Bau. Er kannte die Fragen rund um dieses Haus aus seiner Zeit als Kommissar. Wozu das tiefe Fundament, lautete damals die Frage. Jetzt wusste Alex es: als abgeschottete OP-Räume. Er seufzte. Wenn er es noch richtig im Kopf hatte, mussten es mindestens zwei Untergeschosse haben, also vier Ebenen – und er hatte vier Mann, einen pro Etage. Nicht gerade viel.

Dann hörte er, dass ein eingehendes Gespräch geortet worden war. Viel war nicht zu verstehen. Es gab zu starke Nebengeräusche, hauptsächlich vom Hafen, der zu Fuße des Berges lag.

Aber er hörte deutlich „Angelos Nikakis". Und Alex erkannte die Stimme. Ihm wurde eiskalt.
Du elendes Schwein, dachte er.
Dann brüllte er: „Wir sind aufgeflogen. Zugriff. Ziel Untergeschosse 1 und 2!"

38

Im Inneren erkannte auch Angelos schnell,
dass hier etwas komplett schiefläuft.
Denn er hörte – festgeschnallt wie er war –
eine Stimme, die sagte:
„Herzlich Willkommen, Herr Nikakis! Wir freuen
uns sehr, dass Sie sich für einen Aufenthalt bei
uns entschieden haben. Ich kann Ihnen
versichern, dass Ihnen nichts mehr wehtut,
wenn Sie uns verlassen."
Schon spürte er einen Stich im Oberarm und
verlor langsam das Bewusstsein.
„Bringt ihn runter! Schnell! Und hier oben
werden sie gleich stürmen! Schießt sie zu
Brei!", schrie Dimitrescu.
Natürlich verschwand er daraufhin und
begab sich sofort in den Keller.
Das Bild.
Er musste aus dem Opfer möglichst schnell
herauspressen, wo sich das Gemälde
befand.

Während er zu einem Fahrstuhl gebracht
hatte, merkte Angelos, dass er doch nicht
ohnmächtig geworden war. Er war schläfrig
und schlapp, aber noch bei Bewusstsein.

Angelos war sich nicht sicher, ob er sich darüber freuen sollte. Durch die Gurte war er nicht in der Lage, etwas zu tun. Einen genauen Standort konnte er nicht herausbrüllen, denn er hatte vor lauter Schreck jede Orientierung verloren.

War er jetzt im ersten oder zweiten Untergeschoss?

Wie sollte er im OP reagieren? Um eine finale Spritze bitten? Nein.

Alex. Er dachte an Alex. Wieder einmal hing sein Leben von Alex ab. Erst jetzt wurde ihm bewusst, was für eine Verantwortung er Alex immer aufbürdet. Zu viel.

Sollte er dies überleben, würde er nie mehr ein solches Risiko eingehen, sondern auf Alex hören. Angelos wusste schon lange, dass Alex der Vernünftigere von ihnen beiden war. Oder der Realistischere.

Wo ich mit dem Bauch denke, setzt Alex sein Gehirn ein.

Ich werde einiges ändern, wenn ich diesen Tag überlebe. Und ich werde Alex noch mehr lieben, als ich es ohnehin schon tue. Weiß er es oder zeige und sage ich es zu selten?

Dann dämmerte er doch weg.

Während Dimitrescu „Schießt sie zu Brei!"
schrie, krachte es schon an der Tür. Oder
genau: etwas durchbrach die Türe. Alex
hatte den Überwachungswagen mit Vollgas
In die Tür gesteuert. Und ging sofort hinter
dem Cockpit in Deckung.
Automatikwaffen. Er hasste sie. Jeder Idiot
konnte damit ein halbes Dutzend Männer
töten.
In Ordnung war es, wenn die Automatik-
waffen auf seiner Seite eingesetzt wurden.
Und Alpha eins und zwo konnten hinter dem
Wagen als Deckung das Haus relativ
problemlos betreten.
Schnell waren die zwei Rumänen außer
Gefecht. Für immer.
Dahinter folgten Alpha drei und vier.
„Drei und vier Erdgeschoss sichern. Eins und
zwei mit mir. Wir müssen einen Aufzug …",
brüllte Alex, als ihnen die nächste Salve
entgegenkam. Er warf sich unter den
Wagen.
 Noch zwei Schützen im Innenraum. Im
Schutz einer Blendgranate rückten Alpha

eins und zwo vor und konnten das Erdgeschoss schnell sichern.

Der Aufzug. Wo zum Teufel war er? Als sich
der Nebel verzog, standen sie in einem Gang
mit vielen Türen, aber ohne Aufzug.

„Eins und zwo die Räume links, drei und vier
rechts", schrie Alex. Er hörte nur mehrmals
„gesichert", aber nicht das erlösende „hier"!
Zeit. Sie hatten keine Zeit. Unten lag Angelos
auf dem Tisch. Bei dem Gedanken fröstelte
ihm.

Sie suchten hinter Schränken und klopften
Wände ab. Wo zum Teufel ist der Aufzug?
Auch ein Treppengang war nicht zu finden.
Alex schaute nach oben und sah ein
Lüftungsgitter.

„Los, schiebt den Tisch an die Wand. Alpha
eins geht mit mir. Zwei und drei suchen
weiter, vier sichert."

Alex stieg auf den Tisch, riss das Gitter heraus
und zwängte sich durch die Öffnung. Zum
Glück war er schlank, mit Bierbauchansatz
wäre es zu eng gewesen.

Doch nun stand er vor der Frage links oder
rechts. Es war ein relativ stabiler Schacht, der
keine großen Geräusche von sich gab, wenn
man sich in ihm bewegte.

Solide Bauweise.

Alex entschied sich, dem Schacht nach links zu folgen. Alpha eins hinterher.

Alex betete darum, dass der Schacht nicht im 90-Grad-Winkel nach unten führen würde. Abwärts würde es gehen, klar, denn sie mussten in die Untergeschosse. Bei steilem Winkel unmöglich und wenn, dann nur mit großem Getöse. Dann wäre Angelos tot.

Er beschloss, mehrere Kerzen in der Kirche anzuzünden, als er sah, dass der Schacht zwar merklich bergab führte, aber bei 45 Grad konnte man gut abbremsen.

Es war anstrengend.

Und Alex litt an Platzangst. Er kämpfte nicht nur gegen seine normale Angst an. Er kämpfte auch gegen seine Klaustrophobie, den Dreck in dem Schacht und die üble Luft. Eine Lüftung sollte doch für gute Luft sorgen. Dann fiel ihm ein, dass in eine Klinik keine Luft hineingeblasen wurde.

Im Untergeschoss stürmte Dimitriadis in den OP-Saal.

„Was zum Teufel macht ihr da?"

„Die Narkose einleiten, was sonst?", sagte einer der Grünkittel.

„Sofort stoppen! Zurückholen. Ich brauche dringend eine Information!"

Grünkittel 2 setzte bei Angelos eine Spritze an.

Nach zwanzig Sekunden kam Angelos wieder zu Bewusstsein.

„Los. Wo ist das Bild?"

„Schon weg", antwortete Angelos leise.

Dimitrescu schoss die Röte ins Gesicht.

„Das glaube ich nicht. Skalpell! Ich werde dir die Hoden abschneiden, wenn du mir nicht sagst, wo das Bild wirklich ist."

Angelos spürte den kalten Stahl und den Schmerz, als Dimitrescu ihm die Hoden quetschte.

„Es ist heute Morgen nach Athen gebracht worden!", sagte Angelos und wusste, dass er in wenigen Minuten verblutet sein würde.

Dann hörte er ein Krachen, Schüsse – dann löste sich der Griff um seine Hoden.

40

Zehn Sekunden vorher hatten Alex und Alpha eins die Lüftungsklappen des OP-Saales erreicht, Alex übernahm die hintere, Alpha eins die vordere.

Alex konnte trotz der Lamellen Angelos auf dem Tisch erkennen.

Als er das Wort „Hoden" hörte, trat er das Gitter aus seiner Verankerung, beugte sich aus dem Schacht und schoss Dimitrescu in den Kopf.

Man hörte das laute Geräusch, als das Skalpell auf dem Fliesenboden aufschlug. Danach knallte auch der Rumäne längs hin.

Zeitgleich schoss Alpha eins auf Operateur eins, der schon tot war, bevor er zu Boden ging.

Nur der dritte hatte so viel Zeit, um unter den Tisch zu kriechen. Er aber stellte keine Gefahr mehr da – zumindest nicht für Angelos und nur das zählte.

Alex kletterte aus dem Schacht und lief zum OP-Tisch. Angelos war noch im Dämmer-zustand.

Alex riss ihm das grüne OP-Hemd auf und stellte erleichtert fest, dass keine Schnitte zu sehen waren. Auch nicht an der Seite. Also waren auch die Nieren noch da.

Dann hörte Alex ein leises Murmeln:

„Efcharisto, angelos mou" – Danke, mein Engel.

„Keine Ursache, mein kleiner Pfirsich!"

41

„Ich rufe den Hubschrauber. Er muss zum Check nach Athen. Sie schaffen ihn nach oben, wenn ihr den Aufzug gefunden habt." Alpha eins nickte.
Der dritte Grünkittel saß gefesselt in der Ecke.
„Beta an Alpha 2. Agent außer Gefahr. Räume durchsuchen, Laptops mitnehmen. Ich verfolge den Hauptverdächtigen. Es ist nicht der Rumäne laut Aussage eines Verdächtigen. Der Täter flieht zu Fuß Richtung Flughafen. Brauche keine Verstärkung. Haben wir Benzin an Bord?"
„Verstanden. Du meinst einen Kanister?"
„Was sonst?", knurrte Alex.
„Ja. In Wagen zwo!"
„Gut. Kümmert euch um Angelos. Beta Ende."
Alpha eins sah Alex fragend an. Hier hatte niemand eine Aussage gemacht über einen weiteren Täter. Zwei konnten nicht mehr sprechen qua Kugel im Kopf. Der Dritte hatte Tape über dem Mund.
Was hat dieser Mann vor?

„Nicht nachdenken, einfach vergessen",
sagte Alex.
Gut, er ist der Kommissar, dachte Alpha eins.

42

Es gab keinen weiteren Verdächtigen, der
auf der Flucht war.
Alex´ Ziel war ein Haus, das keine 100 Meter
entfernt lag. Er überprüfte nochmals seine
Glock. Er wäre gelaufen, hätte er nicht den
Kanister benötigt. Als er das Haus erreichte,
ließ er den Kopf auf das Lenkrad sinken.
Was sollte er tun? War es richtig, was er
vorhatte? Alex erinnerte sich an das Wort
„Hoden" und dachte an das Skalpell in
Dimitrescus Hand.
Ja, es war richtig. Er musste es tun.
Er ging die Stufen hoch zur Eingangstüre

und klingelte. Er hörte Schritte.

„Alex? Was willst du denn hier?"

„Du fragst, was ich hier will?"

Alex schoss Dimitriadis in das rechte Knie. Dieser knallte unter lautem Schreien auf den Boden.

„Bist … du verrückt?", stammelte Dimitriadis.

„Nein. Du hast uns verraten. Du hast Dimitrescu gewarnt. Ihm gesagt, dass der Proband Angelos war. Sie hätten ihn beinahe ausgeweidet und kastriert!"

Dimitriadis wälzte sich stöhnend auf dem Boden.

„Die Idee stammte von dir, nicht wahr? Du brauchtest nur die entsprechenden Kontakte. Deinen Bruder. Mir fiel es sofort auf, als wir in dem anderen Haus die Papiere fanden. Der Chef hieß Dimitrescu. Und du bist sein Bruder. Du bist Rumäne und hast vor zwanzig Jahren deinen Namen geändert. In Dimitriadis."

Es kam keine Antwort.

„Du elendes Schwein!", flüsterte Alex dem schwer verletzten Mann ins Ohr.

„Du wolltest meinen Mann töten!"

„Er ist … ein arrogantes … Arschloch. Und … eine elende Schwuchtel. Aber … ihr habt keine Beweise. Jeder Richter wird … mich freisprechen", stammelte Dimitriadis.

Alex lächelte.

„Sicher wird er das."

„Wie bist du … darauf gekommen?"

„Telefonüberwachung. Ich habe deine Stimme erkannt. Und dann die Codenamen Der Rubin ist wertvoller als ein Saphir. Also ist ‚Rubin' der Chef. Zumindest auf der Insel."

Die Nicknames waren die Idee von Dimitriadis´ Bruder. Dieser Vollidiot.

Alex machte eine kurze Pause.

„Aber die gute Nachricht ist: du wirst nie einen Richter zu Gesicht bekommen!"

Dimitriadis schaute verwirrt und ungläubig. Noch bevor er es begriff, schoss ihm Kommissar Alexandros Nikakis zwei Mal in den Kopf.

Alex war vollkommen ruhig. Im Haus war sonst niemand. Der Sohn war in Athen und Dimitriadis geschieden. Und selbst wenn ihn jemand gesehen hat. Er war Kommissar. Was sollte ihm passieren? Er war von Dimitriadis mit einer Waffe bedroht worden. Dazu hatte er eine Waffe aus dem Observierungswagen mitgehen lassen. Er würde sagen, er habe sie während des Einsatzes verloren. Das Feuer würde reichen, um die Nummer außen unkenntlich zu machen. Hoffentlich auch die innen. Die meisten Täter wissen nicht, dass eine Waffe zwei Registriernummern trägt. Eine außen und eine im Lauf. Das wurde schon vielen zum Verhängnis. Kommissarwissen.

Tja, und das Feuer?

Genau. Dimitriadis hat es selbst gelegt, kurz bevor Alex eingetroffen war.

Um Beweise zu vernichten. Seelenruhig ging er zum Auto und holte den Kanister.

Er goss die Flüssigkeit über die Leiche und die brennbaren Teile in der Nähe.

Dann ließ er ein Streichholz fallen.

Er schloss die Türe.

„Beta an Alpha eins. Täter gestellt und neutralisiert. Komme wieder zu euch."

Alex fuhr die 100 Meter zurück zum OP-Haus.

Dort hatte der Hubschrauber Angelos bereits abtransportiert. Er war im Bus betäubt worden, dann hatte er eine normale OP-Anästhesie bekommen und kurz darauf noch eine Spritze.

Dieser Cocktail könnte gefährlich werden.

Daher entschied sich Alex für die Klinik.

Sieben Tote. Sieben Verbrecher. Gerne hätte Alex auch noch den Achten, den einzig Überlebenden, final entsorgt.

Als er das Haus betrat, stellte er fest, dass die Alphas wirklich Profis waren. Nicht nur als Schützen.

Sie hatten den Laptops bereits wichtige Informationen entlockt.

16. Sechzehn junge Menschen hatten in diesem Haus ihr Leben verloren. Außer dem Bürgermeister würde kein Vater etwas zum betrauern bekommen. Die Leichen waren alle in Rumänien beseitigt worden. Oder im Schwarzen Meer.

Für Hinterbliebene der Horror.

In dem Raum, der Dimitrescus Büro gewesen war, stand auf dem Schreibtisch ein Familienfoto. Und tatsächlich. Der Mann, der sich Dimitriadis nannte, war darauf zu sehen.

Viel jünger als heute, aber unverkennbar. Allerdings fanden sie nichts über die Geldgeber in Bukarest.

Doch derer würden sie ohnehin nicht habhaft werden. Vergessen wir es.

43

„Jassas, ómorfos ánthropos" – Hallo, schöner Mann!
Angelos hatte die Augen halb geöffnet.
„Das ist eine Begrüßung wie ich sie mir vorstelle", flüsterte er. „Ich bin ja sowas von kaputt. Sind die Hoden noch dran?"
Alex lachte: „Ne" – Ja.
Aber versprich mir, dass du do etwas nie mehr machst!"
„Ypóschomai" – Ich verspreche es.
„Bist du unverletzt? Und die anderen?"
„Wir sind alle ok, abgesehen von der Sorge um dich", antwortete Alex.
„Und die Täter?"
„Alle tot. Einschließlich Dimitriadis!"
„Dimitriadis??", fragte Angelos, nun deutlich wacher.
„Ja, er war der Kopf und sein Komplize in dem Haus war sein Bruder. Dimitriadis hieß eigentlich Dimitrescu und war Rumäne."
„Schau hin. Und ich hielt ihn für unschuldig. Voll daneben", sagte Angelos. „Also bist du jetzt der Superbulle!"
Alex lachte.

„Ach Quatsch. Wir haben ein Telefonat mitgehört. Und ich habe seine Stimme erkannt!"

„Und ich dachte, er könne mich nur nicht leiden", sagte Angelos.

Alex lachte.

„Und lass mich raten: es gab keine Möglichkeit, ihn zu verhaften oder täusche ich mich?", fragte Angelos.

Alex druckste herum.

„Äh, nein, Schusswechsel!"

Angelos lachte.

„Hoffentlich erwischt man dich nie!"

„Dann müsstest bitte mit in die Zelle", meinte Alex.

„Auf jeden Fall. S´agapo!" – Ich liebe dich.

44

Am folgenden Morgen mussten Alex und Angelos zu Richter Mantzaris. Sie informierten den Bürgermeister darüber, damit auch er an dem Gespräch teilnehmen könnte, um die endgültigen Details zu erfahren.

„Also war Dimitriadis doch mehr als nur verwickelt", sagte er.

Alex nickte.

„Er hatte die Idee. Dann kontaktierte er seinen Bruder in Bukarest, von dem er wusste, dass er einer halbseidenen Tätigkeit nachgeht. Der suchte dann in seinem Umfeld nach Geldgebern. Und davon gibt es in Bukarest genug. Die bezahlten dann die nötige Logistik. Dann begann Dimitriadis mit seiner Gesundheitscheck-plus Geld-Aktion. Die Opfer wurden entführt, dann im OP-Haus ihrer Organe beraubt. Die schaffte man zusammen mit den Leichen per Jet nach Rumänien. Sicher nicht nach Bukarest, sondern auf irgendeinen kleinen Flugplatz. Da die Flüge als Organtransporte deklariert wurden, hatten sie überall Priorität. Vor allem dann, wenn vor Ort jemand bestochen wurde, der auch die Flugpläne verschwinden ließ."

„Wie in unserem Fall mit Katsakis!", ging Richter Mantzaris dazwischen.

„Aber beweisen war schwierig und wir wussten nicht, wo dieses Haus lag. Deswegen fungierte Angelos als Lockvogel. Eine bescheuerte Idee, aber sie ging gerade noch einmal gut", fuhr Alex fort.

„Es war aber außerordentlich mutig", antwortete der Bürgermeister. „Oder gab es eine andere Option?"

„Nein, die gab es nicht. Ohne Angelos´ Einsatz würden immer noch junge Touristen verschwinden. Für sechzehn kam die Aufdeckung leider zu spät. Aber die Täter hatten richtig kalkuliert. Einzelpersonen, die in ihren Heimatländern vermisst werden, fallen nicht auf. Eine Mordserie mit sechzehn Toten auf Mykonos wäre eine Nachricht, die um die Welt geht."

„Gott sei Dank blieb uns das erspart. Wenigstens ein positiver Effekt", sagte der Bürgermeister.

„Hinzu kommen die acht toten Täter, aber die haben wir sofort nach Athen bringen lassen, zur Weitergabe an die Botschaft, wenn es denn alles Rumänen waren. Kann uns aber egal sein."

„Und Dimitriadis und das Feuer?", fragte der Richter.

„Ich ging nach der Razzia zu seinem Haus, um ihn zu verhaften", antwortete Alex.

„Warum alleine?"

Äh. Aufpassen. Erst denken, dann reden.

„Weil die anderen sich um Angelos und die Sicherung der Beweise kümmern mussten, dann den Überlebenden ins Gefängnis verbringen. Ich wusste nicht, dass Dimitriadis eine Waffe hatte."

Alex war zufrieden mit sich.

„Und da brannte es schon?", hakte Mantzaris nach.

Jetzt wurde es gefährlich.

„Ich denke, ich kann mich an Rauch aus der Küche erinnern. Aber da er auf mich geschossen hat, hatte ich andere Dinge im Kopf."

„Verständlich", sagte Mantzaris.

„Komisch, dass er einen Treffer im Knie hatte und dann zwei Kopfschüsse!", fuhr Mantzaris fort.

„Der erste Treffer war von mir. Die anderen Schüsse kamen von ihm selber. Er hat wohl begriffen, dass es aus war. Kein Verlust für die Gemeinde. Zumal er Ihre Tochter auf dem Gewissen hat", erklärte Alex.

Der Bürgermeister nickte. Gut abgelenkt.

„Ich bin euch zu Dank verpflichtet. Ihr habt das wieder einmal perfekt gelöst", sagte er.

„Wobei die Lösung Alex´ Verdienst war. Er hat die Verbindungen aufgedeckt, sonst wäre Dimitriadis davongekommen", antwortete Angelos, der sich auffällig zurückhielt.

„Und die Drogen?", fragte Mantzaris.

„Die Lieferkette ist erstmal unterbrochen. Herein kamen und kommen sie auch in Zukunft über den Hafen. Ohne mehr Personal keine Chance, aber das kriegen wir nicht", sagte Angelos.

„Man kann nicht alles haben. Also Glückwunsch euch beiden!"

Mantzaris stand auf und schüttelte Alex und Angelos die Hand.

Überstanden, dachte Alex.

Leiche verbrannt, Waffe verbrannt, Haus abgefackelt.

Gut, Alpha eins könnte noch etwas ausplaudern, aber am zweiten Tatort war er ja nicht.

Beim Verlassen des Gerichts legte Angelos den Arm um Alex.

„Mein Held! Und endlich einmal hast du die verdienten Lorbeeren bekommen. Ich freue mich!"

Dann machte er eine kleine Pause, hielt Alex fest und umarmte ihn.

Und Alex hörte die folgenden Sätze:

„Ich hätte dir kein Wort geglaubt. Gott sei Dank hat Mantzaris nichts hinterfragt. Hoffentlich bleibt es dabei!"

Alex schaute unschuldig.

Dann wieder das Flüstern.

„Alle drei Kugeln stammten aus derselben Waffe. Du hättest ihn mit der zweiten Waffe erschießen sollen. Aber den Bericht der Ballistik habe ich – von Maria."

Angelos grinste und ging weiter.

„Du bist ein hervorragender Kommissar, aber ein lausiger Mörder!"

45

„Gott, bin ich froh, dass die Hoden noch da sind. Sonst sähe es sehr öde aus", sagte Paul.
„So? Mein bestes Stück ist öde? Dann sofort die Finger weg! Unverschämtheit!"
Aber Angelos grinste.
„Du weißt, wie ich es meine. Ohne wärst du sowieso verblutet. Versprich mir, dass du nie mehr den Lockvogel spielst. Wir haben nicht immer so viel Glück. Du hast keine neun Leben!"
„Nein, aber ich habe dich. Und bin gottfroh, dass es so ist. Wärst du nicht dabei gewesen, hätte ich es nicht gemacht. Die Kraft der Liebe. Alpha zwei hatte unrecht. Sie kann alles bewirken. Aber so etwas mache ich nie mehr, versprochen!"
Und das hieß: Angelos würde sich daran halten. Er hatte noch nie ein Versprechen gebrochen.
„Ich kann dir nämlich nicht garantieren, immer rechtzeitig zu kommen", sagte Alex.
Angelos lachte.
„Um dich zu retten, meinte ich."
Und nach einer kurzen Pause.

„Glaubst du, bei dir bleibt davon etwas hängen? Ich will es ja nicht beschreien", fragte Alex.

„Wie soll ich das wissen? Da sind wir in einer Woche schlauer."

Pause.

„Es hat lange gedauert, bis die Flashbacks nach der Vergewaltigung verschwunden sind", sagte Angelos leise.

„Sind sie nicht. Sie sind seltener geworden und weniger heftig. Du kriegst sie selbst nicht mehr mit. Du hast sie noch alle vier Wochen, aber das ist schon ein Erfolg", antwortete Alex.

Angelos legte seinen Kopf auf Alex´ Brust.

„Ich denke, ich bin darüber hinweg. Das hätte ich ohne dich nie geschafft, das weiß ich."

Alex streichelte Angelos über den Kopf.

„Vielleicht habe ich dieses Mal den Drücker wegbekommen. Das Bild von diesem Arsch mit dem Skalpell und das Wort ‚Hoden' zusammen, hat mich gestern Nacht fast nicht schlafen lassen."

„Ich war viel zu fertig von den Narkosen. Die Schweißausbrüche kommen schon noch", sagte Angelos. „Und du musst drunter leiden!"

„Glaube mir, ich leide lieber jede Nacht, als dass dir Teile fehlen", antwortete Alex.

„Es war mir eine Lehre", flüsterte Angelos und fing an zu zittern. Es war soweit. Erste Maßnahme immer: Löffelchenstellung, Körperkontakt.

„Noch eines Alex: du kannst nicht jeden umbringen, der mir etwas Böses will. Nicht, dass das mir nicht imponiert. Aber irgend- wann erwischen sie dich. Deine Geschichten sind zu wenig glaubhaft. Auch Mantzaris hat dir nicht geglaubt. Das konnte man sehen. Aber er weiß, dass du mich schützen willst – und das nötigt ihm wohl Respekt ab. Dennoch: irgendwann wird jemand nach- bohren. Denk an Jonas. Nur zu gerne würde er dich im Gefängnis sehen."

„Ich tue es nicht mit Vorsatz. Als ich dich auf dem OP-Tisch liegen sah, hat sich mein Hirn abgeschaltet. Da war nur noch Hass und Instinkt. Ich kann mich an das, was in Dimitriadis´ Haus passiert ist, nur bruchstück- haft erinnern. Deswegen auch der Fehler mit der Waffe. Das Gehirn war auf Standby!" Angelos lachte.

„Du plädierst also auf ‚geisteskrank'!"

„Ich weiß nicht, ob das der richtige Ausdruck ist. ‚Liebeskrank' trifft es wohl eher. Ich schütze aber nicht nur dich, sondern auch mich. Mein Lebensglück. Es hat also auch etwas mit Egoismus zu tun", antwortete Alex. „Dann hoffe ich, du bleibst egoistisch. Aber vielleicht sollten wir das nächste Mal deine Geschichte zusammen durchgehen, bevor wir zum Richter müssen."

Vier Wochen später saß tatsächlich einer der Herren Nikakis im Gefängnis. Wegen Mordes.

EPILOG

Der Mann saß in der Zelle und weinte.
Es war kalt und er fror, obwohl es draußen bestimmt dreißig Grad hatte.
Aber er trug immer noch nur das Shirt, das er bei der Verhaftung anhatte.
Beim Blick auf das Tablett mit dem Abendessen ekelte ihm. Altes Brot und welke Wurst.
Trotz seines Hungers kam essen nicht infrage.

Noch immer verstand er nicht, warum er hier war. Oder besser: man hatte ihm mitgeteilt, was ihm vorgeworfen wurde. Aber es war so absurd, dass er sich keinen Reim darauf machen konnte. Er hatte nichts von dem getan.
Am Schlimmsten war, dass er nun alleine war.
Sein Partner, der Mann, den er liebte, hatte bei der Verhaftung nicht reagiert. Er stand nur da, wie gelähmt. Ohne irgendetwas zu sagen.
Sein Mann ließ ihn im Stich.
Er dachte an das letzte Jahr und begann zu weinen. Es war das schönste Jahr seines Lebens gewesen. Endlich glücklich.

Die Dämonen der Vergangenheit waren vertrieben.

Und nun saß er hier und stand vor der größten Katastrophe seines Lebens.

Eine Vergewaltigung und ein Mord.

Man hätte lachen können, denn:

Heute war ihr Hochzeitstag. Und das konnte kein Zufall sein.

Er hatte nichts getan.

Aber er war allein. Und wer sollte nun seine Unschuld beweisen. Sein Mann wohl nicht.

Das war´s dann wohl.

Er würde sich umbringen.

Sein Name war Angelos Nikakis, Ex-Kommissar aus Saloniki.

Paul Katsitis – Inzest

Ein Bräutigam, der sich am Tag der Hochzeit vom Balkon stürzt und eine Mädchen-leiche in einer Wagenpresse. Zwei Fälle für die beiden Ex-Kommissare Alex und Angelos Nikakis Zwei Fälle, die sich nach und nach aufeinander zu bewegen.

Paul Katsitis – Die Bestie von Mykonos

Zwei Kriminalbeamte, Alexandros und Angelos, quittieren den Dienst und eröffnen gemeinsam auf Mykonos eine Bar. Nebenher betreiben sie eine kleine Privat-Detektei. Da die Polizei chronisch unterbesetzt ist, werden Alex und Angelos – wegen ihrer Erfahrung - regelmäßig hinzugezogen.
Mykonos ist in Aufruhr. Offensichtlich foltert, vergewaltigt und tötet ein Mann junge Touristen. Um ihn zu stellen, bleibt nichts anderes übrig, als dass Angelos den Lockvogel spielt – mit furchtbaren Konsequenzen ...

Paul Katsitis – Rache

Im Kloster Ano Mera auf Mykonos wird ein Priester tot aufgefunden, dessen Leiche übel zugerichtet ist. Es sieht nach einem Rachemord aus – doch wofür?

Paul Katsitis – Der-Drei-Sterne-Mord

Im besten Restaurant der Insel wird der Chefkoch, ehemals Leibkoch Gaddafis, mit durchschnittener Kehle aufgefunden. Ein schwieriger Fall für Alex und Angelos, zumal die eigene Familie mit beteiligt ist. Der Fall erfährt eine erstaunliche Wendung, als die beiden Ermittler erfahren, dass der britische Außenminister Mykonos besucht – auf dem Landsitz des griechischen Premierministers.

Paul Katsitis - Tattoo

Zwei Highlights stehen auf dem Programm des Wochenendes: ein hochdotiertes Beachvolleyball-Turnier und die Eröffnung der ersten Spielbank auf der Insel.

Nicht ins Programm passen zwei Tote: ein 19-jähriger Junge und einer der Beachvolleyballspieler. An dessen „natürlichem Tod" haben die Ermittler Alex und Angelos so ihre Zweifel.

Weitere Mykonos-Bücher

MYKONOS LOVE STORY 1
Von Michael Markaris

Die brennende Gestalt taumelte und fiel mit einem Zischen zu Boden. Ein letztes Stöhnen und es war vorbei. Kommissar Paul Pandis steht vor einem Rätsel. Ein gewöhnlicher Buschbrand entpuppt sich als Doppelmord.
Doch Pandis hat noch ein Problem:

Er hat sich verliebt. In seinen Kollegen Angelos. Ein Coming-Out mit 53!
Sein Leben wird zur Achterbahn, aber auch zur glücklichsten Zeit seines Lebens.

MYKONOS LOVE STORY 2
Das Goldene Ei

High Society wie die Kunstwelt blicken nach Mykonos. Ein bisher verschollen geglaubtes Zaren-Ei soll auf der Insel ausgestellt werden.
Ein Sicherheits-Alptraum für Kommissar Paul Pandis.
Dennoch: zumindest keine Mordermittlung.
Zunächst.
Dann wird auf einer Yacht eine weibliche Leiche gefunden.
Es ist Pandis´ Ex-Frau.
Und die war zuvor wenig begeistert davon, dass Pandis nun mit einem Mann verheiratet ist.

MYKONOS LOVE STORY 3
Morgenröte über Mykonos

Er lag mit dem Rücken auf etwas und war gefesselt.
Was war hier los?
Ich bin doch nur ein Tourist?
Es muss ein Missverständnis sein.
Er konnte sich nur an einen Schlag erinnern.
Dann das große Nichts. Er hörte Schritte.
Chrysi Avgi, es lebe die Goldene Morgenröte!"
Dann hielt einer der Männer seinen Kopf hoch.
Der Andere rammte ihm zwei dünne, orthodoxe
Gebetskerzen in die Nase.

Kommissar Pandis und die ganze Insel sind fassungslos
angesichts zweier brutaler Morde. Die Spur führt ihn zur
„Goldenen Morgenröte", einer rechten Splitterpartei.
Und für Pandis und seinen jungen Ehemann Angelos
wird es richtig gefährlich, denn als Schwule sind sie
das „Hassobjekt No.1!"

MYKONOS LOVE STORY 4
Mykonos Speed

Gas Gas, Gas!
Der Motor röhrte.
Die Reifen qualmten.
Dann bekamen sie Grip.

Der Ferrari wurde immer schneller.
Passierte das Ortsschild.
Vor ihm der große Kreisverkehr.

Pedal, kein Druck, Erstaunen.
Pedal, kein Druck, Panik.
Dann flog er über das Geländer und krachte in das Denkmal.
8 Min 42 Sekunden von Ano Mera.
Das war neuer Rekord. Es war sein letzter.

Kommissar Paul Pandis und Ehemann Angelos halten es zunächst für einen Verkehrsunfall. Das Unangenehme: Das Opfer ist der Sohn des Bürgermeisters. Doch der Wagen war gestohlen. Und es Ist beileibe nicht der erste verschwundene Ferrari auf der Luxus-Insel.

Und eine weitere schwere Prüfung steht Pandis bevor: Angelos´ Eltern kommen zu Besuch.

MYKONOS LOVE STORY 5
Rape

Angelos ertappt Paul bei einem vermeintlichen Seitensprung – ausgerechnet mit seinem Bruder Christos – und verlässt Paul.
Als sich herausstellt, dass sie Opfer einer Intrige wurden, wird Angelos´ Bruder tot aufgefunden.

Und Angelos wird als mutmaßlicher Mörder verhaftet. Ein sehr persönlicher Fall für Kommissar Paul Markaris, (früher Pandis), in dessen Verlauf er selber zum Opfer wird – einer Vergewaltigung.

MYKONOS LOVE STORY 6
Der rosa Leopard

Die beiden schwulen Ermittler Alex und Angelos nehmen die ersten Anzeichen nicht ernst. Doch als immer mehr Partygäste auf Mykonos Opfer einer neuen Superdroge werden, kommen sie den Händlern schnell auf die Spur. Problem: Es sind Libyer von unvorstellbarer Brutalität.
Zuvor muss das Ehepaar Markaris noch eine weit schlimmere Klippe meistern: nach einem Einsatz in Athen - bei einer Geiselnahme -begeht Angelos einen Seitensprung – mit einer Frau. Das große Glück scheint vorbei.

MYKONOS LOVE STORY 7

Fortsetzung des „Rosa Leoparden"

RÜCKKEHR DER LEOPARDEN

Noch immer sind Paul und Angelos, die beiden schwulen Ermittler aus Mykonos, hinter den libyschen Drogenhändlern her, die die Insel mit einer neuen Substanz überschwemmen. Und mit Folterdrohungen ganz Mykonos in Angst und Schrecken versetzen.

Doch dann wird Angelos entführt und gefoltert. Als sich Paul auf die Suche begeben will, geschieht auf Mykonos ein Mord auf einem Kreuzfahrtschiff.

Was hat Priorität für Kommissar Markaris? Natürlich sein Mann ...

MYKONOS LOVE STORY 8
Crash – Absturz!

Beim Landeanflug auf Mykonos zerschellt ein Airbus. Ein Horror für Kommissar Alex Markaris und seinen Ehemann Angelos, denn wie sollen zwei Ermittler und drei Inselpolizisten eine solche Katastrophe bewältigen? Zumal im Laufe der Untersuchungen klar wird: es war kein Unfall.

Auch privat geht es bei den beiden turbulent zu: Angelos stürzt – Verdacht auf Schädel-Hirn-Trauma.

MYKONOS LOVE STORY 9
Der tote Pelikan

Auf Mykonos ist man entsetzt: das Maskottchen der Insel – der Pelikan Petros – wurde massakriert. Als Alex und Angelos, die beiden schwulen Ermittler, den Täter aufspüren, hat dieser sich schon erhängt. Es ist der 17-jährige Enkel des örtlichen Richters, der kurz zuvor Angelos seine Liebe gestand.
Als hätte Alex damit nicht schon genug am Hals: er hat auch noch Geburtstag und wird 54. Aber sein Ehemann, 28, zieht alle Register, um es keinen Trauertag werden zu lassen.

MYKONOS LOVE STORY 10
Photià-Feuer

Vor einem Beachclub findet man den Kopf des Friedhofsgärtners von Mykonos.
Leicht zu transportieren, denkt Kommissar Alex Markaris. Andererseits: wenig zu obduzieren.
Und dieser Mord kommt Markaris äußerst ungelegen. Denn zwei Tage, nachdem er und sein Mann Angelos in ihr gemeinsames Haus eingezogen waren, brannte es ab. Angelos wäre beinahe ums Leben gekommen. Und: es war Brandstiftung!

MYKONOS LOVE STORY 11
Der tote Archäologe

Paul und Angelos verschlägt es bei diesem Fall auf die historische Nachbarinsel Delos. Dort wird ein Archäologe erschlagen aufgefunden. Doch was ist der Grund dafür? Ein spektakulärer Fund? Als sich die Ermittler an die Täter herantasten, wird auch noch Angelos´ Mutter entführt.

JENSEITS VON MYKONOS
von Sven M. Schlick

Es war vorbei.
Seine Füße begannen zu versagen.

Immer wieder Wasser. Salzwasser. Es rann die Speiseröhre hinunter und brannte im Magen. Sehen konnte er auch nicht mehr viel. Das Salz brannte auch in den Augen.
Er merkte, dass er immer öfter unterging.
Wer hat mich verraten? WER?
Dann kam die Erkenntnis: Es ist egal. Denn Du bist tot.

Kommissar Paul Pandis steht ratlos in einer Kunstgalerie.

Auf einer Skulptur, einem blauen Stier, hängt eine Leiche, der Galeriebesitzer.